LA HIJA DEL JUEZ

JACOBO DELGADO

LA HIJA DEL JUEZ

PLAZA [PJ] JANÉS

Papel certificado por el Forest Stewardship Council®

Primera edición: noviembre de 2025

Travessera de Gràcia, 47-49. 08021 Barcelona

Printed in Spain – Impreso en España

ISBN: 978-84-01-03210-3
Depósito legal: B-17.231-2025

Compuesto en Mirakel Studio, S. L. U.

Impreso en Black Print CPI Ibérica
Sant Andreu de la Barca (Barcelona)

L032103

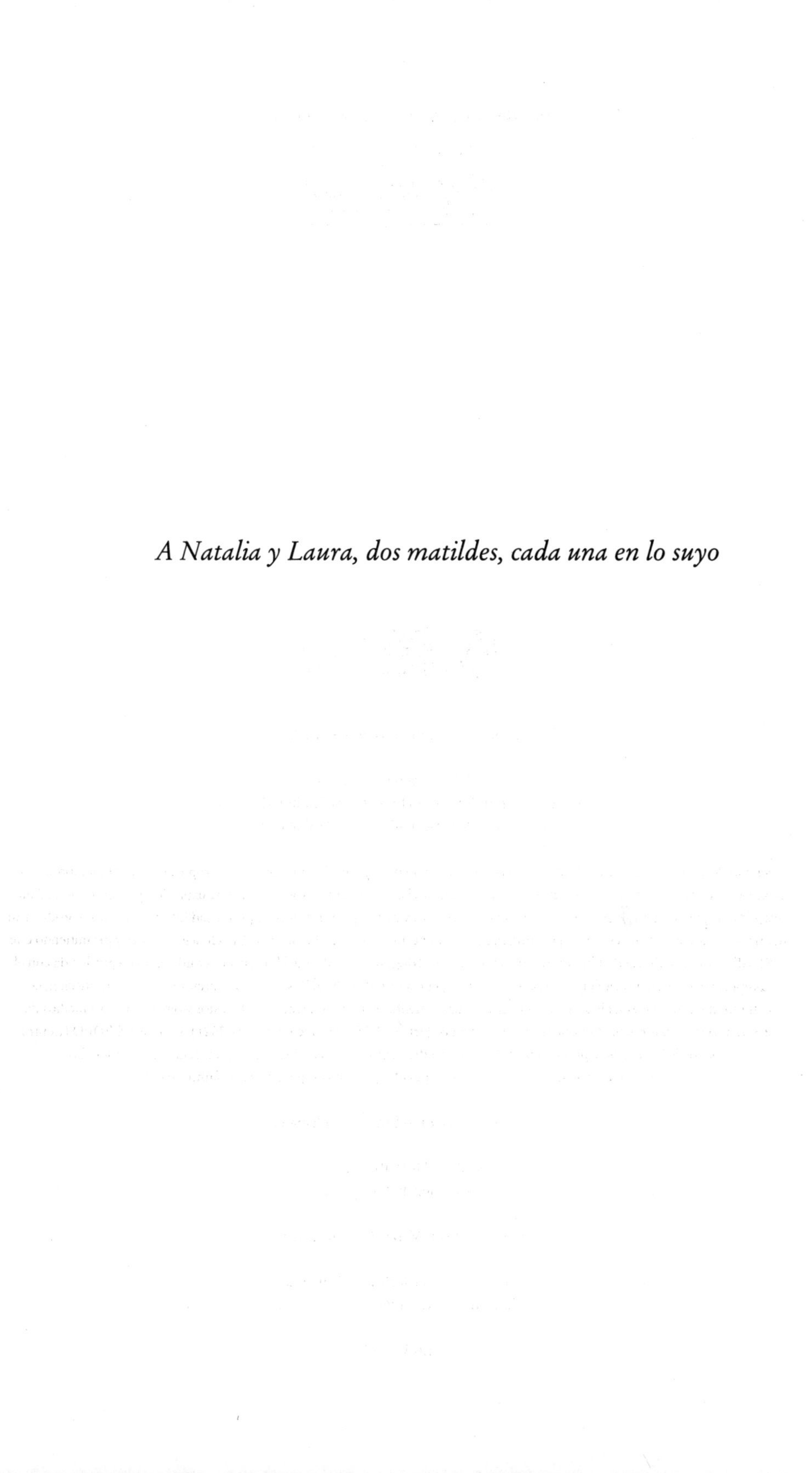

A Natalia y Laura, dos matildes, cada una en lo suyo

EL CRIMEN

1

El cine Simancas lleva ya unas horas cerrado. La calle está desierta. El último borracho pasó por la acera hace un buen rato. Poldo aprovecha que la ciudad duerme para salir de su escondrijo. Lleva horas en cuclillas, oculto tras la escombrera de unas obras de la acera de enfrente.

Avanza lento en dirección al cine, mirando a los lados a cada paso. El rumor de un coche solitario que circula por García Noblejas, camino de la Cruz de los Caídos, le paraliza junto a la puerta. ¿Lo habrán visto? Poldo cuenta hasta diez. Luego hasta veinte. Silencio. Nada pasa. Le cuesta introducir la llave, la mano le tiembla. Sube la persiana metálica despacio, con delicadeza, y, una vez dentro, la vuelve a bajar con el mismo cuidado. Respira hondo. «Todo va bien», piensa. La luz de las farolas se desliza hacia el vestíbulo, entre las varillas de aluminio que lo separan de la calle. El aroma a rancio, enmascarado con pachuli, le recuerda a su infancia. La estancia apenas ha cambiado. Los mismos ceniceros con forma de copa llenos de colillas, las mismas taquillas bajo las escaleras de acceso al entresuelo. Los carteles que cuelgan de las paredes sí son otros.

Harrison Ford y Sean Young han sustituido a Omar Sharif y Julie Christie; Meryl Streep y Jeremy Irons, a Kim Novak y James Stewart.

Dentro de la sala de proyección todo es negro. Poldo saca una pequeña linterna del bolsillo del pantalón. La luz rebota en la pantalla. El olor a viejo y a Ducados que desprenden las butacas es aún más fuerte que el del vestíbulo. En unas horas su madre lo regará todo con zotal, pero, si no hay contratiempos, para entonces su nariz estará bien lejos de allí. Cuanto antes acabe, mejor. Se dirige a la tercera fila. Debajo del último asiento está la bolsa de plástico, justo en el sitio convenido. Su contacto no la ha dejado en persona. Poldo está seguro, ha estado horas vigilando el acceso al cine. ¿A quién habrá mandado con el encargo? ¿A las señoras de la sesión de las cinco? ¿A la parejita que entró a mitad de película? ¿Al yonqui del anorak? Poldo menea la cabeza, otra vez perdido en sus pensamientos, buceando en su imaginación. Mira que se lo decían de niño: «Poldo, hijo, dónde tienes la cabeza». Lo que cuenta es que tiene allí la bolsa. ¿Qué más da quién la haya dejado?

Es abrirla y zumbarle los oídos. Dentro está su nueva vida. Ocho, nueve, diez fajos. Nunca ha visto tanto dinero junto. Es más de lo que ha ganado su madre en toda su vida. Lo primero es salir de España. A Francia o a Portugal, da lo mismo. Y luego la libertad. Nueva York, San Francisco, Los Ángeles, ya tendrá tiempo de decidir. O, si no, Brasil. Como Gregory Peck en *Los niños del Brasil.* Allí no se hacen muchas películas, pero no hay tratado de extradición; se ha informado bien. Mande quien mande en España, no podrán tocarle ni un pelo.

Cuando se abre la puerta, Poldo entiende de golpe que sus planes no se van a cumplir. Al volver la linterna apenas ve llegar el bate de béisbol.

Es el 8 de mayo de 1983 y aún quedan tres horas para que amanezca.

LA INVESTIGACIÓN

2

Dos horas después de que salga el sol, estoy en el jardín de la Clínica Doctor León. La visita es a la vez un error y un deber. Un error por traer conmigo a Lucía. No me gusta exponerla a tensiones y palabras, y con mi madre de por medio siempre hay tensiones y palabras. Pero Lucía se ha empeñado en acompañarnos y mi padre se ha puesto de su parte. Ahí es donde entra el deber. Mi padre tiene muy claro cuál es el deber de cada uno, y el mío este domingo por la mañana es que la niña vea a su abuela. En realidad, dos meses después del ingreso voluntario de mi madre en este manicomio que mi padre llama clínica privada, me he quedado sin razones para seguir evitando el encuentro. Y si alguna me queda, es de las que me hacen sentir mala persona.

Mi madre se enciende un cigarro, el tercero desde que hemos llegado. Enarco las cejas.

—No seas cargante, Matilde. Fumo lo que me da la gana.

Lo que me molesta no es que mi madre fume, me molesta su ansia por encender un cigarro detrás de otro para luego dejar que se consuman en el cenicero sin apenas llevárselos a los labios. Piper mentolados y abandonados hasta su extinción, convertidos en montañas de ceniza y humo sin que nadie les preste atención. Inutilidad y exceso. La vida de mi madre.

—Teresa, ¿puedes comportarte, por favor?

La voz de mi padre, profunda y segura, es una estéril llamada a la calma antes de que la tormenta nos empape a todos. Lo natural es que el siguiente en recibir sea él. Lo he visto mil veces desde niña. Da igual que lleven años separados, rara es la ocasión en que coinciden y mi madre, descontrolada, no lanza contra él acusaciones y un rencor que dejan en el aire una pregunta sin respuesta. ¿Qué vería aquella niña bien de provincias que un día fue mi madre en un joven juez con tanta dedicación a la carrera judicial como desinterés por la vida social? Se conocieron en Bilbao, primer destino de mi padre tras aprobar la oposición. Allí había pasado ella sus primeros diecinueve años de vida, en una casona de la margen derecha de la ría del Nervión, criada entre algodones por el servicio, mimada por mis abuelos, sin pensar en nadie más que ella misma y sus cuentos de hadas y príncipes azules. Cuando, al poco de iniciar su noviazgo, decidió casarse con él, se ató de por vida a la insatisfacción.

Pero esta vez mi madre la tiene tomada conmigo. Dos meses sin llevarle a Lucía me pasan factura.

—Y, cuando salga de aquí, me beberé un whisky si me apetece. O dos, o tres, o los que me dé la gana. Tú no eres nadie para decirme lo que tengo que hacer, *policía.*

Me llama policía como si fuera un insulto. Al fin y al cabo, a sus ojos lo es. Soy una hija descarriada. En realidad, lo soy un poco para toda la familia. Nadie esperaba de mí que entrase en el cuerpo. Ni siquiera yo misma, hasta que a alguien en el Gobierno se le ocurrió abrir la Policía a miembros femeninos. Así lo anunciaron en la convocatoria publicada en el Boletín Oficial del Estado el 14 de marzo de 1978. Miembros femeninos. De niña soñaba con entrar en el Ejército, eso sí. Me gustaba ponerme la vieja guerrera con la que mi padre hizo el servicio militar recién terminada la guerra. Tocar sus galones, hacer el saludo militar frente al espejo. Me imaginaba defendiendo la bandera, matando a los malos, desfilando victoriosa. Pero nadie ha pensado aún que las Fuerzas Armadas pueden ser buen lugar para según qué miembros. No para los femeninos, desde luego.

Como mi vocación militar era una quimera, nunca se la conté a nadie. Me limité a seguir los pasos que marcaban mis apellidos. Fui buena hija, buena estudiante, la niña de los ojos de mi padre. Siempre hemos estado muy unidos. Hasta los veinticinco llevé la vida que, más o menos, se podía esperar de mí. Estudié Derecho, me casé y me coloqué en el despacho de mi suegro, un conocido penalista. Mi padre me sugirió que estudiase para fiscal, pero no tuve ganas de encerrarme años entre cuatro paredes para preparar la oposición. Prefiero la acción. Pero, como abogada, pronto empecé a darme cuenta de que algo no funcionaba. Juzgaba a mis propios clientes. No me gustaba defender a delincuentes. Prefería mandarlos a la cárcel. Otra vez mi padre. Los dos somos gente de orden. El BOE se cruzó en mi camino y al cabo de un año me convertí en inspector. Inspector femenino Matilde Liébana Ochoa. En mi entorno nadie lo entendió. Incluido mi padre, en cuyos ojos se instaló desde entonces una neblina de decepción que, pese a sus esfuerzos por disimularla, aún percibo a veces cuando me mira. Respeta mi decisión, pero cree que la Policía no es lugar para mí. Convertirme en una de las primeras cuarenta y dos policías mujeres del Cuerpo Superior de Policía fue un ejercicio de libertad que alteró mi vida. No siempre para bien.

Cuando mi madre se cansa de lanzarme reproches, se vuelve a Lucía y extiende las manos.

—A ver, bonita, ¿cómo era la canción?

—«Mai sei for yuti», abuela.

Mi hija le ha enseñado un juego de palmas. Las dos chocan las manos al ritmo de la canción y se ríen cuando mi madre pierde el hilo. Abuela y nieta siempre se han entendido bien. Yo no recuerdo haber reído con mi madre jamás. No me permito sentir envidia de mi hija, pero me duele. Las dejo en el jardín y voy con mi padre en busca del doctor, que nos espera en su despacho. Nos informa de que mi madre se encuentra bien. Como en anteriores ingresos, su neurastenia ahora está bajo control. Han reducido al mínimo la medicación. Podría salir de la clínica hoy mismo, pero ella prefiere quedarse unas semanas más. Quiere que la cuiden. Cuando le venga en gana saldrá a la calle y, con el tiempo, tendrá una nueva crisis, y vuelta a empezar. Sus retiros voluntarios en la clínica son tan estériles como sus cigarrillos olvidados en el cenicero. Y, a diferencia del tabaco, cuestan una fortuna. Por suerte o por desgracia, no lo sé, dinero no le falta. Es la única hija de mi difunto abuelo, un industrial que le dejó una apreciable fortuna en forma de casas y otras propiedades que ha ido vendiendo según necesitaba liquidez. Mi madre no genera dinero, solo lo gasta. La compraventa inmobiliaria es su entretenimiento, errático y exagerado, como todo en ella. No vive más de tres años en una casa. Cuando se cansa, la vende y compra otra. También le gusta comprar cuadros. Es aficionada a la pintura. Durante años fantaseó con abrir una galería de arte, pero nunca pasó más allá de la idea. Años de descontrol han esquilmado sus bienes y sus ahorros, aunque todavía dispone de fondos.

Me asomo a la ventana del despacho. Mi madre sigue chocando las palmas con Lucía. Parecen dos niñas. Ese es el problema. Mi madre es una niña. Una niña que solo anhela jugar. Incapaz de conducirse por la vida, ni como madre ni como esposa. Descontrolada, caprichosa, irresponsable. Insoportable.

A la salida de la Clínica Doctor León me siento cansada. Estar cerca de mi madre me deja sin energía. El bullicio de gente con la que me encuentro termina de agotarme. Es día de elecciones municipales y la plaza Mariano de Cavia está más animada de lo habitual un domingo por la mañana. Las sonrisas de Tierno Galván y Jorge Verstrynge, candidatos a la alcaldía de Madrid, cuelgan de las farolas, recordándome que tengo que ir a votar. Seguramente lo haga en blanco, no tengo predilección por ninguno de los dos. Ni por ellos ni por ningún otro candidato. Pero me gusta participar en las elecciones, buscar mi nombre en el censo electoral, meter un sobre en la urna. Tal vez sea por la falta de costumbre. Hace poco que votamos en España. Y a más de uno le gustaría que dejáramos de hacerlo. Han pasado más de dos años de la intentona golpista del 23F, pero sus ecos aún retumban. Hace apenas una semana, el Tribunal Supremo agravó las penas que la Justicia Militar impuso en su día al teniente coronel Tejero y al resto de los implicados, y varios militares preeminentes se apresuraron a expresar su disgusto en la prensa.

Después de votar tengo que ir con Lucía y con mi padre al Club de Campo. Mi hija celebra allí su comunión en un par de semanas y nos han citado para dar el visto bueno al menú. Cuando llegaron a Madrid, mis padres se hicieron socios, aunque él nunca lo ha frecuentado mucho. Luego, por la tarde, Lucía tiene allí mismo un concurso de equitación. El caballo es una afición que mi padre nos ha inculcado a las dos. A mis competiciones procuraba asistir, aunque a veces prefería quedarse en casa. Redactar sus sentencias, que escribe con cuidado y esmero, siempre le ha ocupado mucho tiempo, incluidos los fines de semana. Cuando eso pasaba, a la vuelta del Club del Campo corría a su despacho para contarle en qué puesto había quedado. Él me sentaba en sus rodillas y me dejaba curiosear entre los párrafos de sus sentencias, siempre escritas a mano —los trabajadores del juzgado luego se encargan de mecanografiarlas— y siempre en folios de la marca Galgo. Me encantaba mirar al trasluz la marca de agua con la figura del perro. De esa manera, me habitué desde niña al lenguaje jurídico y me enteré del sentido de muchos de sus fallos antes que los propios encausados y sus abogados. Con Lucía, sin embargo, mi padre no se pierde una competición, tenga o no sentencias que redactar. Tal vez quiera estar más encima para que su nieta no se desvíe del camino, como hice yo. Va a ser un domingo agotador.

Mis ojos abandonan de golpe el cansancio cuando descubro al subinspector Romo junto a un K aparcado en doble fila, un SEAT 131 de cuatro marchas. Tal vez el día se anime. Está pegando la hebra con Ramiro, el guardaespaldas de mi padre. Como muchos jueces de la Audiencia Nacional, mi padre está amenazado por ETA. Su nombre apareció en una lista de objetivos que incautaron a un comando hace unos meses. Para entonces ya tenía escolta. Hace cinco años, dos terroristas ametrallaron en plena calle a un juez del Supremo que había sido compañero suyo en el extinto Tribunal de Orden Público. Con ese atentado, ETA sumaba a los jueces al colectivo de los que están en su punto de mira. Un colectivo que es cada vez más amplio. Tanto que cabemos todos.

—Magistrado Liébana. —Romo le hace el saludo militar a mi padre, pese a no ser un superior.

Viene a buscarme a mí, sin duda, pero se dirige primero a él, como si tuviera que pedirle permiso antes de hablar conmigo. Mi padre le responde con un gesto de cabeza. Yo reclamo mi lugar.

—¿Os dejo solos?

—El comisario me ha dicho que podía encontrarte aquí.

Tengo por costumbre dejar aviso a mis superiores de dónde pueden localizarme, por si hay alguna urgencia. Ser policía no entiende de horarios. Sobre todo si eres mujer. O, al menos, así lo entiendo yo. Me gusta estar siempre disponible, suplir con compromiso las supuestas carencias de mi género.

—¿No te dejan tranquila ni los domingos? —protesta mi hija.

—Es mi trabajo.

—Es tu día libre —dice, rotunda, Lucía.

Mi padre sale a mi rescate. Vale que a sus ojos el trabajo de policía no es adecuado para una mujer, pero por encima de todo está el deber adquirido, y alguien con su apellido debe cumplirlo. Siempre.

—Si vienen a buscarla es algo grave, seguro. —Escruta a Romo con la mirada—. ¿Me equivoco?

Romo desvía los ojos hasta Lucía con prevención: lo que tiene que decir no es apropiado para sus oídos. Disipo sus remilgos con un gesto. Si mi hija es capaz de sobrellevar a su abuela, es capaz de sobrellevar cualquier cosa.

—Ha habido un crimen en el cine Simancas.

3

—La víctima es un varón de unos treinta años. —Mientras conduce hacia el cine Simancas, Romo me pone en antecedentes. Lucía se ha quedado con su abuelo y su guardaespaldas—. Por lo visto es vecino de San Blas.

—¿Por lo visto?

—No sé más. El comisario no me ha dejado ir a la escena del crimen hasta que vinieras conmigo. Me tiene enfilado.

—Metiste la pata. Pero se le pasará.

Subinspector Romualdo García, alias Romo, veintiséis años, tres de ellos en el cuerpo. Como en mi caso, la comisaría de San Blas es su primer destino. De entre todos sus músculos, que cuida con esmero cada día en el gimnasio, la lengua no es el mejor trabajado. Romo dice las cosas tal cual las piensa, sin filtrar. A mí me hace gracia, pero su locuacidad le ocasiona problemas. El más grave ocurrió hace un mes. La política penitenciaria del nuevo gobierno socialista está vaciando las cárceles, saturadas desde hace años por reclusos en situación de prisión provisional a espera de juicio. Como resultado inmediato, los niveles de delincuencia se han disparado. En especial en barrios problemáticos como San Blas, donde la heroína hace estragos. Ante la alarma social, alguien en Televisión Española pensó que era un buen momento para mostrar a policías velando por la seguridad ciudadana y así tranquilizar a la población. Un equipo pidió permiso para grabar una jornada de trabajo en la comisaría. Durante las grabaciones entrevistaron a algunos agentes y, por desgracia para Romo, uno de los elegidos fue él. Después de haber atendido en un solo día dos atracos a farmacias, una reyerta en las chabolas de la calle Guadalajara, dos robos de coches y un puñado de peleas entre yonquis, declaró ante la cámara que la mitad de los habitantes de San Blas son delincuentes. Y se quedó tan ancho. Dos días después de la emisión del reportaje, doscientos vecinos del barrio se presentaron en comisaría juntando las muñecas. Querían ser esposados. Su delito: ser de San Blas. Nos dejaron una carpeta llena de firmas para el ministro del Interior. La noticia se coló en los periódicos y llamaron del Ministerio a comisaría pidiendo explicaciones. Desde entonces, el comisario no deja respirar a Romo.

—Me hice policía para coger a los malos —concluye mi compañero—, no para hablar con periodistas.

Nada más dejar la calle García Noblejas entiendo, aún mejor, los reparos del comisario. En las puertas del cine Simancas hay un grupo de curiosos junto al operativo policial y, mezclados con ellos, husmean un par de reporteros de prensa junto con sus respectivos fotógrafos. Los periodistas tienen su red de informadores en el cuerpo. Policías que se sacan un extra avisando de los casos jugosos. Y este, por lo visto, lo es. Hay que andarse con ojo. Otro patinazo con la prensa y en comisaría empiezan a rodar cabezas.

Bajamos del coche y enfilamos la entrada. Entre los curiosos asoma Chino, un clásico del barrio.

—Se han cargado al Poldo, jefa. Le conozco de cuando era crío, íbamos juntos al colegio.

Chino me proporciona información de vez en cuando a cambio de un talego o dos. Odio darle dinero, todo se lo gasta en jaco, pero así son las cosas en el barrio. Decido hablar con él más tarde. Le digo que no se vaya. Lo primero es el muerto.

En el vestíbulo del cine hay trasiego de agentes. El oficial López ofrece café a un hombre trajeado de mediana edad con el rostro desencajado. Useros, otro oficial, controla la entrada a la sala de proyección. Me juego la placa a que ha sido él quien ha avisado a los periodistas.

—Menudo pastel nos han dejado, *jefa.*

La palabra jefa en boca de Useros, a diferencia de cuando la usa Chino, tiene un tono ambiguo que me irrita. Reconoce mi jerarquía y, a la vez, la cuestiona. Le he dicho en alguna ocasión que me llame inspector Liébana. Pero Useros no es de los que cambia de hábitos con facilidad. Tiene más de veinte años de servicio a sus espaldas, nadie le va a enseñar a dirigirse a sus superiores. Y menos una mujer.

—El muerto se llama Leopoldo de la Cruz, conocido en el barrio como Poldo. Es hijo de la limpiadora del cine. Al venir hoy a trabajar, la madre no encontraba las llaves en el bolso y ha ido a una cabina a llamar el gerente. —Useros señala al hombre trajeado—. Este ha venido a abrirle la puerta y los dos se lo han encontrado tieso en la sala de proyección.

—¿Dónde está la madre? —pregunto.

—Se la ha llevado una ambulancia. Ha tenido una crisis nerviosa.

—¿Y las llaves? ¿Las tenía la víctima?

—Negativo. Tampoco lleva su documentación encima. Los de la científica llevan un buen rato con él. Tienen mucha tarea, *jefa.*

Romo y yo no tardamos en comprobarlo. Nada más entrar en la sala de proyección la vista se nos va a la pantalla. Escritas con grandes letras rojas se leen las palabras CHAO, MARICÓN. De cada trazo se deprenden surcos que llegan hasta el suelo. Es sangre.

—La madre que me parió —espeta Romo.

Debajo de la pantalla, sobre un charco espeso de esa misma sangre, yace el cuerpo de un hombre con los pantalones bajados. Tiene heridas por todo el tronco y el mango de un bate de béisbol asomando por el recto.

—Empalamiento, contusiones múltiples y puñaladas en cuello, tórax y abdomen. —Santos, el médico forense, se abre paso entre los de la científica—. Va a ser una autopsia entretenida.

No es el primer muerto que veo, pero sí el primero en ese estado. Me esfuerzo en mantener la compostura. Romo no lo consigue. Reprime una arcada y sale directo hacia el vestíbulo, en busca de un baño, supongo. Me agacho para ver la cara de Poldo. A pesar de los golpes y la sangre, se adivina un rostro bonito. Moreno, ojos almendrados, labios carnosos. Le miro los brazos. Está limpio de pinchazos. Junto al cuerpo hay huellas ensangrentadas de varias pisadas. Son de dos pares de zapatos, tal vez tres.

Saco mi libreta y apunto hasta el detalle más insignificante. Cuando iba al colegio, y más aún en la universidad, mi padre se ocupó de enseñarme a ser concienzuda. Tomar apuntes, hacer esquemas, retener. Un hábito que ahora me resulta muy útil para grabar los casos en la cabeza y, sobre todo, para que nadie me pille en un renuncio. Más me vale. Estoy rodeada de tipos como Useros que se relamerían a mi primer tropiezo. Un flashazo me hace volver la vista. Uno de los fotógrafos que estaba a las puertas del cine se ha colado en la sala. Un nuevo flashazo de su cámara me ciega.

—¡Oiga, aquí no puede estar! —Useros echa al reportero y, antes de salir tras él al vestíbulo, me sonríe—. Se me ha colado. Lo siento, *jefa.*

No sé cuánto cobrará Useros por una foto como esa. Lo que tengo claro es que al día siguiente Poldo y yo saldremos en alguna portada.

Minutos más tarde, el vestíbulo del cine está más despejado. El gerente no aporta más información y le dejo marchar. Después de comprobar que Romo se ha repuesto de la impresión, le mando a hablar con el vecindario en busca de posibles testigos. Me reservo al Chino para mí.

—Pobre Poldito, ¡me cago en mis muertos! Era buen chico. Nos colaba en el cine cuando éramos chavales.

—¿Seguíais teniendo relación? No se pinchaba.

—¿Se cree que solo tengo amigos yonquis, jefa?

—Los yonquis no tenéis amigos, solo ganas de pincharos.

Chino sonríe mostrándome su precoz carencia de piezas dentales. Sabe que tengo razón. Cuando no está colocado es bastante lúcido, habría podido ganarse bien la vida de no ser heroinómano.

—Poldo se fue del barrio hace mucho. Quería ser actor, pero se ganaba la vida con lo suyo.

—¿Lo suyo?

—Era marica.

—Quieres decir que era chapero.

—Hacía lo que fuera por sobrevivir. Como todos. Cuando le iba mal, volvía a casa de su madre.

—Mira, igual que tú.

Chino vive con su madre a tres manzanas de la comisaría, en la parcela F de San Blas, donde la droga corre en cascada. Marcelina, así se llama la pobre señora, es viuda de un tendero del mercado de Montamarta. Malvive con su pensión, de la que se alimenta la adicción de su hijo. Un día que le llevé a Chino a casa, después de encontrarlo tirado en la calle puesto de caballo hasta las cejas, Marcelina me confesó que ya había dejado de rezar para que su hijo se desenganchara. Lo da por imposible. «Mierda de droga —me dijo—, es peor que la muerte. Cuando uno se muere se lo comen los gusanos y se va al cielo o al infierno o a ninguna parte, que vaya usted a saber si existe todo eso. Pero los drogadictos están muertos y aquí siguen, comidos por dentro, sufriendo y haciendo sufrir como condenados». Marcelina solo espera que una sobredosis se lo lleve por delante antes de que ella muera, como le pasó a su otro hijo, el mayor, hace un par de años. ¿De qué iba a vivir esa pobre calamidad que es Chino sin su ayuda?

—¿Me va a dar un billete, jefa? Me lo he ganado.

Saco un verde de la cartera.

—No te lo metas todo en vena, Chino.

—Pues deme otro. Y así le llevo algo de cena a mi madre.

Le doy otro. Soy una blanda.

4

La imagen de Poldo empalado debajo de la pintada escrita con su propia sangre me persigue durante el resto del día. ¿Quién es capaz de emplear tanta violencia? La saña suele venir de la mano de una relación previa entre asesino y víctima. Eso podría apuntar a alguien de su clientela habitual. Pero me parece improbable que Poldo robara las llaves a su madre para prostituirse allí dentro. Demasiadas complicaciones. Hay mil sitios mejores en los que hacer una chapa que un cine cerrado y vacío. Basta un callejón oscuro. O el interior de un coche.

En comisaría, apunto en la libreta mis primeras consideraciones. Verlo escrito me ayuda a darle luz. Romo no ha sacado nada en claro de los vecinos. Nadie ha visto nada, nadie ha oído nada, y si lo oyó, se confundió con los demás ruidos del barrio, que son los de la miseria. Como quien oye las olas cerca de la costa. Me centro en mi inspección ocular de la escena del crimen. De momento, es lo único que tengo. Me parece claro que lo han matado entre varios. No solo por las pisadas, también por el bate de béisbol. Hace falta mucha fuerza para introducirlo tan adentro, seguramente más de la que pueda tener una sola persona. Y tal vez se necesita a un tercero que sujete el cuerpo durante la operación. Sobre todo si lo empalaron vivo. Antes de marcharme del cine, los de la científica llevaban identificadas sesenta huellas dactilares en la sala de proyección y, según me dijeron, podrían llegar a más de quinientas. Si los asesinos no tuvieron la precaución de ponerse guantes, es de esperar que sus huellas estén mezcladas con las de simples espectadores, pero son demasiadas como para confiar en que nos sirvan de algo. Por si suena la flauta, las cotejarán con la base de datos de Berta, un ordenador enorme del Ministerio del Interior, un cacharro que, dicen, ocupa trece armarios. Guarda todas las huellas de los DNI y es capaz de cruzarlas con las de todos los que han sido detenidos al menos una vez. Por otro lado, están las llaves. La cerradura de la persiana metálica del cine no estaba forzada. Todo parece indicar que Poldo las cogió del bolso de su madre y entró en el cine de madrugada por alguna razón. Tal vez en compañía de los que le mataron, o tal vez dejó la puerta abierta a su paso y los asesinos entraron más tarde, o tal vez estos estaban ya dentro. No es difícil quedarse dentro de un cine y pasar inadvertido antes de que cierren las puertas. En el Argentina, otro cine del barrio, más de un yonqui y más de dos se han escondido alguna vez en los baños para pasar allí la noche, a resguardo del frío o la lluvia. Una vez perpetrado el crimen, los que mataron a Poldo tuvieron la sangre fría de llevarse las llaves y cerrar el cine por fuera. Es probable que quisieran retrasar lo máximo posible el hallazgo del cadáver. Necesitaban tiempo. Lo que no me cuadra es el mensaje. O, mejor dicho, el exceso de mensajes. Empalar, golpear y apuñalar hasta la muerte a un chapero ya es un mensaje en sí. Escribir un epitafio con su propia sangre en la pantalla de la sala de proyección es un subrayado innecesario.

Siento un pinchazo en el estómago. No he tomado nada desde el café del desayuno. A estas horas Lucía y mi padre estarán en los postres. Si me diera prisa llegaría a verla montar a caballo. Prefiero quedarme. Después de haber conocido a Poldo no puedo volver a mi vida de golpe. No quiero que el recuerdo de la escena del crimen comparta espacio con las sonrisas de mi hija. Pido un bocadillo de tortilla en el bar de abajo y adelanto expedientes de otros casos. Trabajo no falta. Mi unidad, el Grupo de Investigación de la comisaría de San Blas, está siempre saturada. La mitad de los vecinos del barrio no son delincuentes, como dijo Romo en televisión, pero todos ellos sufren las consecuencias del aumento de la delincuencia. Aquel Gran San Blas que hace veinticinco años promovía el Plan de Urgencia Social del régimen franquista tuvo como objetivo albergar en casas baratas a capas de población obrera y emigrante venida de Extremadura, Andalucía y Castilla. Con el paso de una generación se ha convertido en un foco de pobreza, desesperanza y droga. Al salir de la Academia de Ávila, cuando tuve que elegir destino, pensé que en un barrio difícil me curtiría enseguida. Acerté.

Cuando me quiero dar cuenta son más de las siete. Tengo el tiempo justo de ir a votar. Pido a Romo que me acerque al colegio electoral. Por una vez va callado al volante. Intuyo que la imagen de Poldo tampoco se le borra de la cabeza. De allí voy a Mariano de Cavia, junto a la Clínica Doctor León, donde había dejado aparcado el coche, y me dirijo a casa de mi padre, en la calle Guzmán el Bueno. Llego pasadas las nueve.

Lucía me recibe en pijama, recién duchada, con un tebeo de *El capitán Trueno* en la mano. Le gusta mucho leer. Sobre todo los libros de Maria Gripe y Enid Blyton. Pero aquí no los tiene a mano, así que ha rebuscado en mi antigua habitación, la que ocupaba en esta casa cuando tenía su edad. Mi padre aún guarda mis viejas lecturas.

—Me quedo a dormir.

Me castiga por haberme ausentado todo el domingo. Sabe cómo hacerme sentir una madre de mierda.

—Pero, Lucía, mi amor, no te puedes quedar. Mañana tienes cole.

—Yo la llevo, no te preocupes —intercede mi padre por su nieta.

—No me gusta que la lleves en el coche oficial, ya lo sabes.

Coche oficial significa escoltas, significa armas y significa objetivo terrorista.

—Entonces llamo a Mauro. Mañana se acerca y la lleva él. —Mi padre ofrece una solución que, en el fondo, aumenta mi castigo.

Mauro es mi exmarido. Su casa está a unas cuantas manzanas de la de mi padre. Hasta que nos separamos hace un par de años, Lucía y yo también vivíamos allí.

Mi hija se mete al interior sin darme un beso. Cuando se enfada, suele tardar un par de días en perdonarme.

Llego a casa y me descalzo. Me gusta sentir la tierra del patio, los suelos fríos de las baldosas de terrazo del salón. Vivo en un minúsculo adosado de la colonia de San Vicente, un grupo de viviendas construidas en los cincuenta que parecen más sacadas de un barrio inglés de clase obrera que construidas en pleno Madrid. Está entre el barrio de la Concepción y Arturo Soria, cerca de San Blas pero lejos de su influencia. Se la compré barata a un marine texano que, después de unos años sirviendo en la base de Torrejón, se volvía a su país.

Decido que no voy a cenar. Bajo al sótano. Allí tengo el refugio donde trabajo cuando estoy en casa, a resguardo de la curiosidad de mi hija. Una estancia cerrada bajo llave, pequeña y austera. Apenas el escritorio donde estudié la carrera, una silla tapizada en cuero pardo capitoné en la que trabajaba mi padre en su despacho de casa durante mi infancia y una estantería que llega hasta el techo, con mis libros de criminología y carpetas con apuntes y recortes de periódicos de los casos en los que trabajo. Ninguno como el de Poldo, desde luego. Repaso mi libreta por última vez en el día y la coloco en su estante, junto a las otras libretas que ya he llenado de datos e hipótesis durante mis años en ejercicio. Esta es la quinta. Son todas tamaño cuartilla, de la marca Guerrero, cada una de un color. Cierro la puerta con llave y subo al salón. Enciendo la tele y me dejo caer en el sofá. Por lo que avanzan los primeros escrutinios, el Partido Socialista ha arrasado en las municipales. En Madrid y en toda España. Me voy a la cama. Pienso en Lucía. También en Poldo. Me molesta que compartan espacio en mi cabeza. Se avecina otra noche de insomnio. Meses antes de separarme de Mauro empecé a dormir mal y desde entonces no sé lo que es descansar más de tres horas seguidas. El médico me receta pastillas para dormir, pero me niego a tomarlas. Me recuerdan a mi madre, y yo no quiero parecerme a ella. Desde que tengo uso de razón la he visto depender de sustancias de todo tipo. Tabaco, alcohol y, sobre todo, pastillas. Para dormir, para tranquilizarse, para activarse, contra la depresión. Toda situación tiene su pastilla. Descuelgo el teléfono y llamo a Romo. A los quince minutos oigo rugir el motor de su Bultaco junto a mi puerta. Cuando no está de servicio, se mueve en moto. Al momento lo tengo a mi lado. Me gusta estar con él. Tiene una visión muy sencilla de todo. Y además me hace reír. Tomamos una copa, nos besamos, nos vamos a la habitación. Empezamos a acostarnos hace medio año. Romo me rondaba desde hacía tiempo, pero no se atrevía a dar el paso. Después de todo, soy su superior. Eso me gusta de él, me deja tomar la iniciativa. Una noche que Lucía dormía con su padre fuimos a tomar unas cañas en el bar de abajo de la comisaría y, antes de llegar a la tercera, le cogí de la mano y me lo llevé a casa. Me siguió, sin preguntas. Con él, la cama es otra cosa. Otra cosa a cómo era con Mauro, quiero decir. Mauro fue mi primer novio y amante, las dos cosas. No es que no me gustara el sexo con él, pero con Romo disfruto más. Se preocupa de dejarme satisfecha y yo no tengo reparo en probar nada nuevo. Con Mauro me dejaba hacer, con Romo también hago.

Al cabo de un rato se vuelve a su casa. Tiene que llegar antes que Mamen. Mamen es su mujer. También es hija de otro compañero del cuerpo, un veterano curtido en mil batallas del que Romo me habla a menudo pero con el que apenas he coincidido. Mamen trabaja de enfermera en un hospital y hoy tiene turno de noche. A ella tampoco la conozco, solo la he visto una vez en persona. Coincidimos un sábado de compras en la calle Montera. Yo iba con Lucía. Romo y ella salían de Almacenes Arias, cargados de bolsas.

Creo recordar que era agradable, aunque, a decir verdad, no le presté mucha atención. Todavía no me había convertido en *la otra,* ni siquiera se me había pasado por la cabeza. Luego, al comenzar mis encuentros con Romo, su recuerdo impreciso pesaba en mí. Mi conciencia me lanzaba reproches siempre que me acostaba con él. Ahora cada vez me lanza menos. Me sorprende la facilidad con la que me he adaptado a ejercer de amante. Si no me enrollé con él antes, pese a sus miradas y sus torpes insinuaciones, fue precisamente porque estaba casado. Pero, pasado el primer escrúpulo, me di cuenta de que estar con él me hace sentir como cuando decidí ser policía. No está bien, al menos no para lo que se puede esperar de mí, pero me hace sentir libre. Con el tiempo, que Romo tenga pareja se ha convertido, después del sexo, en el principal atractivo de nuestra relación. Es una liberación, la promesa de que jamás vamos a llegar muy lejos.

La ración de sexo me ha relajado, pero sigo sin conciliar el sueño. Vuelvo a pensar en Lucía. Y en Poldo.

5

Nueve en punto. El comisario Morate preside la reunión de cada mañana, taco de periódicos en mano. En tres de ellos, el asesinato de Poldo comparte portada con la victoria socialista. En uno sale mi cara, mirando a cámara. El blanco y negro camufla mi lividez, pero el asco se refleja en mis cejas crispadas y mi boca entreabierta. Tengo que esforzarme más, conseguir controlarme, aprender a no sentir cuando estoy de servicio. Los periodistas han bautizado el caso como el crimen del cine Simancas.

—Lo que nos faltaba, un caso de repercusión nacional —se lamenta Morate.

Useros esquiva mi mirada. Si alguien es responsable de que toda España desayune con la fotografía de un mensaje escrito en sangre es él. El comisario no piensa lo mismo.

—La culpa es del ministro Ledesma de los cojones. Putos socialistas. Sacan a toda la chusma de la cárcel y encima ganan las elecciones. La gente es gilipollas.

Para Morate la democracia no ha traído más que problemas. «Es un gol que le han metido a España», le he oído decir en alguna ocasión. Le parece un despropósito que su voto valga lo mismo que el de «una señora del barrio, sin formación ni cultura». El día del golpe de Tejero se lo pasó encerrado en su despacho sin otra instrucción que ordenarnos a todos quedarnos en comisaría, a disposición. Estuvo toda la tarde a solas, pegado al teléfono, tal vez calibrando qué postura adoptar ante lo que estaba sucediendo en el Congreso. Solo de madrugada, cuando el rey ya había condenado el golpe por televisión, nos dejó ir a casa a los del turno de día.

Mi tesis acerca del caso de Poldo está muy lejos de la de Morate. No tiene que ver con la democracia y con los socialistas. Creo que su muerte no está relacionada con los delincuentes comunes que ha sacado de las cárceles la reforma de la Ley de Enjuiciamiento Criminal. El asesinato es tan brutal que parece fruto de algo más complejo que la delincuencia de poca monta. Pongo al comisario al día de la investigación. La madre del muerto ha estado ingresada en el Hospital Ramón y Cajal toda la noche, aquejada de una crisis nerviosa. Le acaban de dar el alta. Tengo que hablar con ella. Aparte de eso, el mejor hilo del que tirar es su condición de chapero. Chino dijo que se movía fuera del barrio. Las zonas de prostitución masculina están por el centro, igual allí alguien sabe algo más de él.

—Lo nuestro es San Blas, Liébana, no el centro. No te despistes. ¿Cómo vas con todo lo demás?

—Ayer estuve adelantando papeleo.

—Quiero que te pases por la farmacia de la avenida de Canillejas. La han vuelto a atracar esta noche.

—Es la tercera vez este año.

—Y las que quedan... —dice Romo en voz alta. Es lo que pensamos todos.

Morate le fulmina con la mirada. Luego se vuelve a mí.

—Habla con el dueño. Tranquilízale un poco. Tengo a todo el puto colegio de farmacéuticos en la chepa.

Morate desprecia tanto a las mujeres policía como Useros, pero, a diferencia de él, piensa que al menos servimos para algo. Podemos ser la cara amable del cuerpo, la voz que aplaca con cercanía y buenas formas a los vecinos descontentos. A mí no sé qué me molesta más: que no me respeten en absoluto o que me consideren una especie de relaciones públicas de la comisaría. Además, calmar al farmacéutico no es, en todo caso, labor de mi unidad, sino de la de Seguridad Ciudadana. Pero Morate organiza la comisaría a su antojo.

—Le podemos tranquilizar, pero si no quiere que le atraquen más, mejor que cambie la farmacia de barrio —interviene Romo de nuevo.

El comisario estalla:

—¡Más me valdría que el que se cambiase de barrio fueras tú!

Romo se hace pequeño. El resto no decimos palabra.

A la salida de la reunión me lo llevo al garaje; mejor mantenerlo lejos de Morate. Al volante del 131 se desahoga.

—¿Lo ves? Me tiene manía. No me deja respirar.

—No seas niño, Romo. Aprende a estar callado.

Salimos de la comisaría por la calle Alberique y enfilamos la avenida de Hellín.

—Vamos a ver a la madre de Poldo. Calle Valdecanillas.

—¿Y la farmacia?

—Todo a su tiempo.

—A Morate no le va a gustar.

—¿Se lo vas a decir?

Romo niega con la cabeza. Doy por zanjada la conversación:

—Pues eso, Romo. Mejor callados todos.

Aparcamos junto a un edificio de cuatro alturas, uno de una veintena de bloques idénticos, con fachada de ladrillo visto y zócalos de piedra blanca que se pierden a lo largo de la calle. Construcciones baratas de los cincuenta, como tantas de San Blas. Rectángulos superpuestos, impersonales, frágiles como casitas de paja esperando a que les sople el lobo. La madre de Poldo vive en el tercero. Nos recibe en bata. La ropa limpia pero ajada. El pelo despoblado, sin arreglar, deja a la vista unas calvas evidentes. Todavía sigue en shock, pero eso no le impide ofrecernos un café recalentado con leche, que le aceptamos con más ganas de resultar amables que de tomarlo.

—No sé quién le ha podido hacer algo así. Poldo era muy buena persona.

Según nos cuenta, Poldo había vuelto a vivir con ella hacía unas dos semanas. Le habían despedido de un restaurante del centro en el que trabajaba de camarero, no sabe cuál. Nos dice que su trabajo en la hostelería era inestable, cambiaba de empleo cada poco, o al menos eso le decía a ella. Cuando le iban mal las cosas, se volvía a casa por una temporada. Cuando le iba bien ganaba mucho dinero y le hacía regalos. Nos enseña orgullosa un televisor Thomson de veintiocho pulgadas coronado por la figura de una muñeca flamenca.

—Me lo compró las últimas navidades. Yo le decía: «Poldo, hijo, guarda el dinero para ti, no seas manirroto». Pero él era así. Me quería mucho, ¿sabe usted?

Nadie gana mucho dinero trabajando de camarero a salto de mata. Me pregunto si la señora no sabe a qué se dedicaba su hijo realmente o prefiere engañarse a sí misma.

—Poldo era una bendición, aunque tenía sus cosas.

—¿Qué cosas? —se me adelanta Romo—. ¿Que era marica?

—Homosexual —le corrijo.

La madre asiente.

—Cuando me enteré me llevé un buen disgusto. Pero con el tiempo me alegré. Los hijos, cuando se casan, se hacen de la mujer. Les ha pasado a todas mis amistades. Pero Poldo era distinto, siempre estaba pendiente de mí. Y ahora, ya ve... —La señora está punto de romperse—. ¿A quién hacía daño mi Poldo siendo como era?

Le pregunto por las llaves del cine. Es evidente que Poldo las cogió de su bolso. No tiene respuesta. Tal vez quería ver alguna película con la sala entera para él, dice. A Poldo le gustaba mucho el cine.

—De pequeño se pasaba así los fines de semana, una película tras otra. Era lo único bueno de pasarme allí las horas limpiando, que le salía gratis el cine. Quería ser actor, ¿sabe usted? Tenía mucha imaginación.

Las lágrimas le anegan los ojos. Le ofrezco mi pañuelo. Cuando se recompone un poco, nos enseña un retrato enmarcado de Poldo. Se lo hizo a la vuelta de la mili. Como intuí al conocerle, ya cadáver, era un joven bien parecido. Intento reemplazar el recuerdo de Poldo empalado en la sala de proyección del cine por la imagen de la fotografía. Le pregunto si puedo llevármela, nos será útil en la investigación. Me dice que sí, ella guarda otra como esa en su cartera. Le pido permiso para mirar en la habitación de su hijo. Las paredes están empapeladas con pósteres de películas que cogía del cine cuando era crío. *Mogambo, Ben-Hur, La gata sobre el tejado de zinc.*

—Encuentren al que le ha hecho esto a mi Poldo.

Le prometo que haremos todo lo posible, le damos las gracias por el café y nos vamos.

Queda poco para la hora de comer cuando pasamos por la farmacia de la avenida de Canillejas. El dueño nos recibe de uñas. Se dirige a Romo todo el rato, le supone mi superior. Nos llama incompetentes. El seguro ya no quiere cubrirle los robos, nos dice, no le sale a cuenta. Nos acusa de no ser capaces de defender los negocios del barrio y alega que los comerciantes tendrán que hacerlo por su cuenta. Quiere comprarse una pistola. Le aclaro que la que está a cargo de esta intervención soy yo, no mi subinspector. Intento convencerle de que no compre ningún arma, ya que se le puede volver en contra. Conozco varios casos en que el dueño de un negocio saca una pistola que acaba en manos de sus atracadores. Le sugiero que instale cristales blindados y que atienda solo a través de una ventanilla, como llevan tiempo haciendo los bancos. Mido mis palabras, intento ser agradable, pero, como es natural, nada de lo que le digo disminuye su enfado. Ni tampoco justifica la utilidad de esta visita que me ha encargado el comisario Morate. Nos volvemos a comisaría con el convencimiento, suyo y nuestro, de que volverán a atracar su farmacia. San Blas es territorio comanche.

El resto de la jornada la paso trabajando en casos menores. Quedo con Romo para ir a la Puerta del Sol a media tarde, que es cuando se empieza a animar el mercado de chaperos en torno al cine Carretas. Me marcho pronto para recoger a Lucía del colegio.

6

—Ni de coña.

—Matilde, no te cierres en banda, por el amor de Dios.

Estoy sentada en un banco de un parque infantil de la calle Arturo Soria junto a Mauro, mi ex. Me lo he encontrado en la puerta del Stella Maris, el colegio de Lucía. Es la primera vez que la va a buscar al cole desde que nos separamos. El Stella Maris está a tres calles de mi casa y a más de hora y media andando de la suya. Ese fue uno de los motivos por los que me mudé a la colonia de San Vicente: alejarme de él. Los días que Lucía se queda a dormir en su casa no le queda otra que llevarla al colegio, pero ir a recogerla por las tardes es siempre tarea mía. Cuando tengo turno de tarde o mi jornada en comisaría se alarga, se encarga Asun, la hija de una vecina. Estudia primero de Magisterio y le pago un dinero todos los meses por llegar con Lucía donde no alcanzo yo. Cuando Asun no puede, recurro a mi padre. Y cuando no puede nadie, Lucía va sola a casa. El día que cumplió los ocho le regalé un juego de llaves. Por supuesto, Mauro no ha venido para ver a Lucía, sino para hablar conmigo. Nada más atisbarlo esperando junto al portón del colegio supe que quería algo. Y tanto. Me acaba de pedir el divorcio.

—Estamos bien como estamos, Mauro, no veo la necesidad de divorciarnos.

—África no tiene por qué pagar mis errores del pasado.

África es su pareja, sus errores del pasado soy yo. Aunque, más que error, me siento un cliché. África era la secretaria del despacho; no pudo buscar a otra más cerca. Mauro empezó a acostarse con ella mucho antes de que nos separásemos, calculo que cuando entré en la Academia de Policía. Al parecer ella le proporcionaba todo el cariño y la atención que yo dejé de prestarle desde que decidí ingresar en el cuerpo. Eso me dijo cuando me marché de casa. De lo que se infiere que no se enredó con ella por gusto, fue una cuestión de horarios. Ella estaba siempre disponible, yo tenía mis propias ocupaciones.

Lucía juega a la goma con un par de amigas de su clase. La han enganchado entre una farola y el poste de los columpios. Hoy no se le está dando bien, se ha tropezado varias veces. Tiene un ojo puesto en el juego y otro en nosotros. No suele vernos juntos. Mauro está preocupado, ha discutido con África. Por lo visto, está cansada de su estatus de querida y amenaza con no asistir a la comunión si la cosa no cambia.

—Con lo que quiere a tu hija —me insiste Mauro—. No me perdonaría jamás que África no estuviera a su lado en un día tan importante.

En realidad, los dos conviven en mi antigua casa como si fueran un matrimonio, y todo el mundo, mal que bien, ha aceptado la situación. Hasta la familia de Mauro, más conservadora aún que la mía. Pero África quiere casarse, aunque sea por lo civil.

—Lo siento, Mauro, pero no cuentes conmigo. No pienso concederte el divorcio.

África no me cae mal, no es mala gente. Y con Lucía se porta bien. Pero disfruto haciendo sufrir a Mauro. O, mejor dicho, asándole en el jugo de sus contradicciones. Cuando nos separamos se acababa de aprobar la ley de divorcio y fui la primera en proponerlo. Pero Mauro, que procede de una estirpe de juristas de apellido compuesto y misa diaria, se escandalizó. Para ellos, las leyes divinas están por encima de las humanas y la institución del matrimonio es indisoluble. «Un divorcio es la mayor desgracia para una familia —me dijo entonces—. ¿Qué van a decir de tu hija en el colegio?». Me deslizó la posibilidad de pedir la nulidad matrimonial al Tribunal Eclesiástico de Rota. Por lo visto, tener una hija en común y varios años de convivencia no eran obstáculos insalvables para declarar nulo un matrimonio. Tocando las teclas necesarias se podía conseguir. La manera más sencilla sería alegar falta de madurez cuando tomé la decisión de casarme. Me negué en redondo, era una hipocresía. Ahora África le ha hecho cambiar de opinión y Mauro piensa en el divorcio como un mal menor. Pero a mí me divierte mortificarle. Ha sido bastante capullo los últimos años. En realidad, lo ha sido siempre. No pienso divorciarme, al menos en un tiempo.

Le dejo abatido en el banco del parque y me llevo a Lucía a casa. Mientras le preparo la merienda, me pregunta por la visita de su padre. Le contesto con evasivas. No quiero que participe de nuestros problemas. Entonces me suelta la bomba.

—He invitado a la abuela a la comunión.

Me quedo con el cuchillo untado de Nocilla en la mano. Por eso se empeñó en acompañarme a la clínica. Mi hija no deja de sorprenderme, siempre un paso por delante.

—Pero eso no puede ser, cariño, está ingresada.

En realidad, que esté ingresada o no es lo de menos. Nadie en la familia cuenta con mi madre para las celebraciones. Ninguno quiere que le monte un número. Solo la llamamos para las comidas y cenas navideñas, y porque mi padre se empeña. Pese a las discusiones, pese a llevar años separados, la sigue considerando su mujer. Además, las peleas duelen menos si se quedan en casa. Pero si hay invitados, como en la comunión, mi madre no entra en la ecuación, ni siquiera para mi padre.

—Me ha prometido que va a venir —se reafirma Lucía—. Y que no se va a pelear, ni con el abuelo ni contigo.

Y, sin darme derecho a réplica, enciende la tele y se tumba en el sofá. Termino de untar el bocadillo con la voz de Espinete de fondo. Me acuerdo de mi primera comunión. Aquel día, de camino a la iglesia, en el viejo Dodge de mi padre, mi madre inició una discusión con él. No me acuerdo del motivo, seguramente no lo hubiera, nunca le hicieron falta grandes razones para discutir. En los asientos de atrás íbamos, en silencio, mis dos hermanos y yo, toda vestida de blanco. En el fragor de la disputa, entre gritos y acusaciones de mi madre, mi padre perdió de vista la calzada, se saltó un paso de peatones y atropelló a una señora. El frenazo en seco evitó que el percance fuera más allá de una fuerte contusión en la cadera de la mujer y un susto tremendo en el cuerpo de todos. Hasta la llegada de la ambulancia y de la policía, y tras asegurarse mi padre de que la señora viviría para contarlo, no pudimos reemprender el camino hacia la iglesia. Cuando llegamos no había niños, la ceremonia ya había tenido lugar. El cura me dio la comunión a mí sola, en la sacristía. En las fotos salgo con los ojos hinchados de tanto llorar. Fue el peor día de mi infancia, a lo que sin duda contribuyó lo que vino después. Para pasar el mal trago, mi madre se emborrachó en el convite que celebramos en el Club de Campo. Mi padre trató de evitarlo a su manera, con discreción. Como no le hacía caso, prohibió a los camareros que rellenasen su copa. Pero mi madre se las ingeniaba para seguir bebiendo. Cuando tiene sed es implacable. Al terminar la comida, empezó a tocar una pequeña orquesta que habían contratado para el evento, y mi madre, tambaleante, sacó a bailar a un joven juez de primera instancia amigo de la familia, un apuesto veinteañero que se había pasado unos cuantos años viniendo a mi casa una tarde por semana para cantarle los temas de la oposición a mi padre. Recuerdo la cara de bochorno de ambos, la de mi padre y la del joven juez, que hacía equilibrios para no desairar ni a su mentor ni a su señora esposa, mientras ella, insinuante, cimbreaba sus caderas al son de un mambo de Pérez Prado. Mi padre ordenó a la orquesta que dejara de tocar, pero a mi madre le dio igual. Se empeñó en seguir bailando ante las miradas de todos los invitados. El silencio hacía sus contoneos más grotescos aún, hasta que el joven juez, sin poder disimular un rictus de asco, se soltó de ella. Solo entonces mi madre fue consciente del ridículo y salió corriendo. De vuelta del Club de Campo, se encerró en su habitación y se pasó varios días sin salir. Pocas semanas después, se marchó de casa.

Le llevo el bocadillo a Lucía y llamo por teléfono a Asun para que se quede con ella hasta la noche. Es hora de ir a la Puerta del Sol.

7

La boca de metro escupe gente de continuo. Hay decenas de personas que deambulan en torno al kilómetro cero. Hay hombres que fuman apoyados en la pared de la Real Casa de Correos mientras echan miradas al reloj de la fachada de cuando en cuando. Es difícil saber cuál de ellos espera un cliente o cuál simplemente ha quedado con un amigo o con su novia. La Puerta del Sol no es solo una zona de prostitución masculina: es el mayor punto de encuentro de todo Madrid. Personas de toda edad y condición se citan allí cada día, a cualquier hora, para irse de cañas por los bares de la zona.

Romo y yo mostramos la foto de Poldo a unos cuantos viandantes, sin ningún resultado. Decido entonces que vayamos al cine Carretas, a apenas unos pasos de allí. Junto a la puerta se anuncian dos películas en sesión continua, *Juventud rebelde* y *Animales racionales*, las dos clasificadas como S, a medio camino entre el cine de destape y la pornografía. Allí todo está más claro que en la Puerta del Sol. Salvo algún despistado, la mayoría de los que compran una entrada en el Carretas no tienen mayor interés por el argumento de las películas. Los que ocupan una butaca en la sala de proyección buscan mercadear con los cuerpos. Unos pagan y otros se venden.

—El chico de los periódicos, ¿no? —El taquillero reconoce a Poldo en la foto.

—¿Le conocía?

—Venía aquí de vez en cuando, pero no era de los más habituales. —Chasquea la lengua con desagrado—. ¡Me cago en mis muelas, esta mierda es fatal para el negocio!

—Peor ha sido para el chico, ¿no le parece? —apunta Romo.

—El año pasado uno que venía aquí mató a un cliente en su propia casa. Tuvimos el cine vacío un mes. La gente coge miedo. Y yo tengo que comer.

—¿Puede darnos alguna información? Entorno, amistades... —intento reconducir la conversación.

—Ya le he dicho que venía poco. Trabajaba más de noche que de tarde, no sé si me entiende.

Le entiendo. A diez minutos de allí, en el barrio de Chueca, cerca del café Gijón, entre las calles Almirante, Prim y Conde de Xiquena, hay otra zona de chaperos para clientes de más poderío económico. Suele estar concurrida después del anochecer y ya son casi las nueve. Compro una entrada a Romo para que recabe información entre los espectadores del cine Carretas y me marchó para allá.

Cruzo Gran Vía y enfilo la calle Clavel. Las luces de neón de los pubs y los bares de alterne rebotan en las jeringuillas que encuentro tiradas en cada esquina. La droga corre allí tanto o más que en San Blas. Chueca es un barrio peligroso. Es zona de atracos y tirones; por suerte no llevo bolso. Las mujeres policía debemos huir de cualquier elemento de feminidad. Traje pantalón, nada de maquillaje, pelo corto o, para las que no somos capaces de medidas tan drásticas, recogido en una coleta. En la calle Almirante deambulan varios coches, conducidos por potenciales clientes en busca de carne fresca, pero apenas se ven chicos ofreciéndose. La noticia del crimen del cine Simancas se está extendiendo y, con ella, el miedo. Tampoco mi presencia ayuda: los chicos notan a la legua que estoy husmeando y se alejan. La mayoría son muy jóvenes, algunos casi niños. Los más inmunes a la sensación de peligro o, quizá, los más necesitados de dinero. Consigo parar a uno. Le calculo quince años, como mucho. Se niega a hablar conmigo, me pide que me vaya, les estoy chafando el negocio.

Al rato me veo sola en la calle. Los coches también se van, no son mujeres lo que buscan sus conductores. Empiezo a pensar que no voy a rascar nada cuando aparece Romo. Viene descompuesto. Al parecer, un viejo se ha sentado a su lado en el Carretas y le ha ofrecido dos mil pesetas por chupársela. Cuando Romo se ha negado ha subido la oferta a tres mil. No ha tenido más remedio que soltarle un guantazo. Le estaba sobando. Eso dice. Por supuesto, no ha sacado nada en claro para la investigación. Decido que es mejor dejarlo por hoy. Es una lástima porque las horas siguientes a un crimen son esenciales para resolverlo y, de momento, no he hecho ningún avance. Nada más salir de la calle Almirante se acerca a nosotros un joven con un ojo tan hinchado que apenas puede abrirlo.

—Son ustedes policías, ¿verdad?

Con el ojo bueno mira inquieto a todos lados. No quiere que le vean hablar con nosotros. Nos dice que tiene información sobre Poldo. Pone un precio por ella: que le invitemos a cenar. Lleva un día sin comer. Nos lo llevamos al Argüelles, una tasca de la calle Libertad. El chico mira la carta con un brillo de ansia en su ojo sano.

—¿Puedo pedir cualquier cosa?

Intento ocultar la ternura que me produce. Le calculo unos dieciocho o diecinueve años. Con sus ojos, el herido y el sano, habrá visto de todo, pero en su gesto aún conserva algo de candor. Se pide un plato de callos, lo acompañamos con un doble de cerveza para cada uno. Se llama Elías, pero todo el mundo le conoce como Eli. O, al menos, eso nos dice. Cuando lleva el plato a la mitad empieza a hablar.

—Ayer también vinieron preguntando por Poldo, pero no eran policías. —Se toma la cerveza de un trago y deja el vaso en la mesa—. Estaba seco.

Romo hace un gesto al camarero para que le ponga otro doble. Borracho hablará más. Eli vuelve a los callos. Nos cuenta su historia sin dejar de masticar.

—Eran tres tíos, un poco mayores que yo. Veinticinco años como mucho. Llegaron bien entrada la noche, ya casi no quedaba nadie. Iban en un coche amarillo.

—¿Te fijaste en la marca? —le pregunto.

—No entiendo de coches. Pero tenía matrícula de Valencia, en eso sí me fijé. Lo que no recuerdo es el número.

Cuando el camarero trae el segundo doble, Eli está dejando reluciente el plato de callos con un trozo de pan.

—El caso es que pararon delante de mí. Dos iban delante y el otro, uno rubio con la ceja como partida por una cicatriz, en la parte de atrás. No me gusta hacérmelo con más de un cliente a la vez. Pero la noche no se me había dado bien, así que me subí al coche.

Eli paladea cada sorbo de la segunda cerveza. Quién sabe cuándo podrá pedirse otra, estará pensando. Le dejo seguir.

—No me dio tiempo ni a preguntarles qué servicio querían. El rubio me calzó una hostia nada más subir. Me enseñaron una foto de Poldo: tenían su carnet de identidad.

Romo y yo nos miramos. Tres jóvenes con el DNI de Poldo la misma noche de su asesinato. Apostaríamos la placa a que son los asesinos.

—Querían saber dónde vivía. Cerré la boca, se lo juro, pero sacaron una navaja. Yo solo quería que me dejaran marchar.

—¿Les diste las señas de su madre? —le digo, alarmada. La pobre señora podría estar en peligro.

—¿Poldo vivía con su madre? No tenía ni idea. Hace lo menos un mes que no le veo. Entonces vivía con Matos.

—¿Quién es Matos?

—Otro chapero. Diogo Matos. Es portugués.

—¿Y dónde vive?

Se lo pregunto con apremio. El tal Matos está en riesgo, si es que sigue vivo. Los tres del coche amarillo no se andan con chiquitas. Eli mira el fondo de su vaso, que apenas contiene un resto de espuma.

—¿Puedo pedir otro?

Me vuelvo al camarero y le pido un doble más. Entonces me contesta:

—Vive en el paseo de las Delicias, a la altura de la calle Canarias.

Le doy mi tarjeta, por si le viene algún dato más a la memoria. Dejo un billete encima de la barra y me voy pitando con Romo. Ya tendré tiempo de apuntarlo todo en la libreta. Aparcamos junto a la boca de metro de Palos de la Frontera y subimos al piso que nos ha dicho Eli, una pequeña buhardilla de un edificio sin ascensor. La puerta está entreabierta y se ve luz en el interior. La pista es buena. Saco mi PK 9 milímetros. En los cuatro años que llevo en el cuerpo apenas he empuñado la pistola un par de ocasiones en acto de servicio, pero nunca he tenido que apretar el gatillo. Quizá esta noche sea la primera vez. Romo también echa mano a su arma. Le hago un gesto para que me cubra y doy una patada en la puerta. Al instante estamos los dos dentro. La casa es un revoltijo de enseres y cajones por el suelo. Los tres del coche amarillo no han dejado armario ni mueble por vaciar. Buscaban algo, está claro. También está claro que van por delante de nosotros y que nos llevan bastante ventaja. Debieron de registrar la casa nada más dejar a Eli y de eso hace ya casi veinte horas. Tiempo suficiente para coger lo que fuera que estaban buscando y desaparecer del mapa. No hay ni rastro de Matos. Deduzco que no estaba en casa cuando entraron. De lo contrario, me temo que su cuerpo sin vida estaría allí ahora mismo, delante de Romo y de mí. Reventaron a Poldo, con Matos no habrían sido más amables.

Llego a casa pasadas las doce de la noche. El televisor está encendido, con la carta de ajuste. Asun se ha quedado dormida en el sofá. Le doy las gracias y quinientas pesetas. Cuando se marcha voy a ver Lucía a su dormitorio. Me gusta verla dormir. Le doy un beso en la mejilla. Ni se inmuta. A su edad yo también tenía el sueño profundo. Cierro la puerta con cuidado y bajo al sótano. Apunto en mi libreta todo lo descubierto esa noche. Almirante, Matos, calle Delicias. Guardo en una carpeta el recorte de periódico con mi fotografía junto al cadáver de Poldo. Cierro los ojos, pero su estampa con los pantalones bajados sigue en mi cabeza. Subo al salón y me tumbo en el sofá. Me resisto a ir a la cama, sé que apenas voy a dormir.

8

Me levanto antes del amanecer. Doy un paseo por las calles de la colonia para despejarme. De vuelta preparo un buen desayuno para Lucía y la llevo al colegio. Nada más pisar la comisaría, Useros me anuncia que el comisario Morate me espera en su despacho. Me lo dice con media sonrisa. Algo sabe que yo aún no, y seguro que no es nada bueno. Llamo a la puerta del comisario y lo encuentro junto a un hombre de unos cuarenta años, ancho de hombros, barriga incipiente, ojos pequeños, pelo prematuramente cano.

—Inspector Puente, del grupo segundo de Homicidios de la Policía Judicial —se presenta y me tiende la mano.

—Inspector Liébana. —Se la estrecho sin ocultar mi recelo.

No es usual ver a un policía de Servicios Centrales en una comisaría de barrio. Su presencia allí es una amenaza. La media sonrisa de Useros no engaña: algo va mal. El comisario me lo confirma:

—Ponle al día del crimen del cine Simancas. Pasamos los trastos a Comisaría General.

Morate me saca del caso. No tiene sentido. El muerto ha aparecido en San Blas. Estuve en la inspección ocular y en el levantamiento del cadáver. El caso es mío.

—No me pongas esa cara, Liébana. Bastante mierda tenemos con el día a día en el barrio, no podemos dedicar tiempo a un caso como este.

—Pero anoche hice avances, comisario.

—Fuera de jornada y contraviniendo mis órdenes. Por esta vez lo paso por alto, pero este caso nos queda grande, asúmelo.

—¿Qué descubriste? —Puente se permite intervenir. Él no tiene que rendir cuentas ante Morate.

—Hay tres tíos, seguramente los asesinos, que nos llevan ventaja —le contesto—. El muerto vivía a temporadas con otro chapero, un portugués llamado Matos. Llegamos a su casa y estaba todo patas arriba. Los asesinos buscaban algo, no sé si lo encontraron.

—Cuéntaselo todo y te olvidas, ¿de acuerdo? —El comisario quiere dar por terminada la reunión.

—Podemos llevar el caso juntos.

Sé perfectamente que lo estoy desafiando. Por menos de esto he visto a Morate agarrar de la pechera a algún agente, pero no quiero resignarme a perder la investigación. Además, no creo que se atreva a ponerse violento con una mujer. Al menos, no delante de Puente. El comisario coge aire, la ira asoma a sus ojos.

—¡Venga, Liébana, no me jodas!

No sé de qué pie cojea Puente, pero decide echarme un cable.

—Por mí, bien. Llevamos juntos la investigación. Has recorrido un camino, contigo iremos más rápido. —Y remata girándose a mi superior—: Hablo con mi comisario y lo arreglamos.

La cara de Morate se congestiona, parece a punto de explotar. Puente le ha dejado sin respuesta posible. Ante el Comisario General de Policía Judicial, un comisario de barrio como él no tiene nada que hacer. Me mira amenazante.

—No quiero que te despistes ni un minuto. Tú verás de dónde sacas el tiempo. ¿Me has oído?

—Así lo haré, comisario.

Enfilo la puerta, pero, antes de salir, a Morate se le ocurre una nueva orden que darme. Esto no podía quedar así.

—¡Liébana!

—Sí, señor comisario.

—Tienes que ir a ver a Chino. Por lo visto su casa apesta. Los vecinos están que trinan. A una que llamó a su puerta para quejarse casi la tira por el hueco de la escalera.

Otra vez un asunto de Seguridad Ciudadana, no de la unidad de Investigación. Si quiere que no pierda un minuto con el día a día en San Blas, no debería cargarme con esa basura. Pero prefiero callarme. Desafiarle dos veces en una misma reunión sería suicida. Y, al fin y al cabo, Chino es mi confidente habitual. Me ocuparé de él más adelante.

La media hora siguiente la paso en mi mesa con Puente, explicándole todos los pormenores del caso. Me pregunta por cada detalle. La escena del crimen, el testimonio de la madre, el ambiente en la calle Almirante. Es metódico y minucioso. Toma nota de todo, igual que hago yo. Creo que podemos entendernos. Romo pasa un par de veces por delante de nosotros. Nos mira raro, se siente desplazado. Pienso en mandarle a hablar con Chino, pero el aviso de un robo a un estanco le saca de comisaría. Cuando Puente siente que tiene suficiente información, mira su reloj.

—Estará a punto de empezar la autopsia, he hablado con el forense a primera hora.

—Hasta mañana no tendremos el informe.

—En papel. Pero nos puede dar sus conclusiones sobre la marcha. El doctor es amigo, hemos trabajado juntos en muchos casos. Nos vamos a Ciudad Universitaria.

Nunca he presenciado una autopsia. Lo normal es guiarse por el informe del forense, pero, por lo visto, a Puente le gusta estar encima de todo. En eso también podemos entendernos.

En el Instituto Anatómico Forense nos recibe el doctor Santos, el mismo que estuvo en el levantamiento del cadáver en el cine Simancas. Nos lleva a la sala de autopsias, donde descansa el cuerpo de Poldo. Verlo desnudo, limpio de sangre, con cada herida convertida en apenas una línea negra sobre su piel cerúlea, me ofrece una representación descontextualizada de la muerte. Una estampa irreal, sobrecogedora, que me causa más impresión aún que verlo desangrado en la sala de proyección del cine Simancas. Una imagen más que llevarme a mis noches de insomnio.

—La víctima presenta politraumatismos en tronco y cabeza. Le dieron una buena paliza antes de acabar con él. —Santos nos señala una zona de su cráneo cercana a la oreja—. El golpe que le mató fue esta contusión en el parietal izquierdo, con un objeto romo. Un palo, una barra...

—O un bate de béisbol —se me adelanta Puente. Los dos hemos pensado lo mismo.

—Efectivamente —asiente el doctor Santos—. El empalamiento fue *post mortem*. Y los bordes no engrosados de las heridas de arma blanca indican que también se realizaron después de la muerte.

¿Por qué castigar con tanto encono un cuerpo sin vida? ¿Por qué esa repugnante orgía de sangre si ya habían acabado con él? Algo no cuadra en la escena del crimen. Tomo nota de todo en mi cuaderno. Me refugio en él. Quiero dejar de mirar el cadáver de Poldo. Me revuelve las tripas. A la salida, Puente me ofrece tomar un café. Se ha percatado de mi estado. Me lleva a la cafetería de la Facultad de Medicina, a dos pasos del Anatómico Forense. Pide él. Dos cortados y dos pinchos de tortilla.

—¿Estás mejor?

—Cada vez tengo más dudas del móvil homófobo —le digo.

Centrarme en el caso lejos de la gelidez de la sala de autopsias es lo que me hace sentir mejor.

—La escena del crimen está muy preparada, desde luego —asiente Puente.

—Tal vez no tenían intención de matarlo. Le golpearon, se les fue de las manos y, una vez muerto, montaron todo el tinglado para despistarnos.

—Tal vez.

—Que cogieran su documentación y se lanzaran a buscar información a la calle Almirante refuerza la tesis de que no lo querían matar, o al menos no tan pronto. Una vez muerto, Poldo no les podía dar lo que fuera que anduviesen buscando.

—Me gusta esa línea de investigación. —Puente mira mi pincho de tortilla, que sigue intacto—. ¿No te lo vas a comer?

—Con el cortado he tenido bastante, gracias.

—Entonces me lo como yo. —Se acerca el plato y parte un trozo con el tenedor—. El mejor pincho de toda la Complutense. En esta cafería me pasé media carrera.

—¿Estudiaste Medicina?

—Mi mujer. Bueno, mi ex. Yo estudié Filosofía y Letras. Veníamos juntos a la biblioteca.

Demasiada información. No me gusta hablar de temas personales con los colegas. Ni siquiera cuando estoy en la cama con Romo. Y Puente y yo nos conocemos desde hace dos horas. Vuelvo a mi libreta.

9

Es martes y almuerzo con mi padre. Es nuestra tradición. Para ambos es lo más parecido a una comida familiar. En Madrid solo nos tenemos el uno al otro, sin tener en cuenta a mi madre, claro. Mis hermanos viven fuera. Juan Antonio, el mayor, ejerce de fiscal en Zaragoza. Él sí tuvo arrestos para preparar la oposición. Felipe, el segundo, es técnico comercial del Estado y va saltando de ciudad en ciudad, siempre en el extranjero. Desde el año pasado vive en San Juan, Puerto Rico. Es el que más distancia ha puesto con la familia. No solo física, apenas llama por teléfono. Se ahorra todas las crisis de mi madre, pero no le envidio. Para mí es importante tener cerca a mi padre.

Antes quedábamos siempre para comer cocido en La Gran Tasca, en la calle Santa Engracia. Pero de un tiempo a esta parte cada semana cambiamos de restaurante. Los escoltas no le dejan repetir rutinas, no hay mejor reclamo para los terroristas que los hábitos predecibles. Siempre elige él. También siempre paga él. Hoy toca en Casa Ciriaco, uno de mis preferidos, aunque la sala de autopsias me ha cerrado el estómago.

—Tu madre no puede ir a la comunión —me dice nada más hincarle el diente a los entrantes.

—A Lucía le hace ilusión. No he sabido decirle que no.

—Sería un bochorno, Matilde. Y más con alcohol de por medio.

Con el paso de los años, mi padre se ha acostumbrado a duras penas a que mi madre se fuera de casa. Estar separado queda muy lejos de lo que se puede esperar de un respetable magistrado como él. Lo considera una mácula en el expediente de su honorabilidad, que compensa con el respeto que infunde entre sus iguales su eminente carrera judicial.

Don Luis Liébana Herguedas, magistrado de la Audiencia Nacional, mi padre, es el cuarto de cinco hermanos de una familia de agricultores de un pequeño pueblo de Tierra de Campos, en la provincia de Palencia. De niño destacó en la escuela y de allí pasó a estudiar en el seminario de Carrión de los Condes, cabeza de comarca, donde le pilló la Guerra Civil. Apenas le llegaron ecos de la contienda: aquello fue zona nacional casi desde el primer momento. Al terminar la guerra, abandonó los estudios eclesiásticos y convenció a los curas para que le costeasen la carrera de Derecho en Valladolid. Fue el número uno de su promoción. El obispado le dio comida y techo durante los dos años que tardó en sacarse las oposiciones a juez. También fue número uno. Un chico humilde, sin más aval que su inteligencia y su esfuerzo, quedó por encima de todos los hijos de jueces, juristas y profesores universitarios que se presentaron con él a la oposición. Su secreto, según dice él mismo, es el sentido del deber. De estudiante su deber era estudiar. A todas horas. Como juez su deber es impartir justicia. No hay nada por encima de eso. Eligió Bilbao como primer destino. Quería conocer el mar y a la que conoció fue a mi madre. Al casarse con ella, adquirió otro deber de por vida. Así lo entiende la Iglesia y así lo entiende él. Da igual que estén separados, él debe seguir ocupándose de ella. Por eso la ha acogido de vuelta en su casa durante alguna de sus crisis. Por eso la visita puntualmente en la clínica cuando se interna. Pero, entre sus compromisos y los de mi ex, a la comunión está invitada media carrera judicial y no piensa tolerar que le ponga en evidencia. Él se encargará de hablar con ella y quitarle la idea de la cabeza, me dice. Eso sí, no quiere quedar de intransigente con Lucía. Me pide que no le diga que va a impedir que su abuela vaya a la ceremonia.

—Yo te apoyo en lo de Mauro, apóyame tú en esto.

—¿Qué es lo de Mauro? —Me temo lo peor.

—Haces muy bien en no divorciarte, hija. Un matrimonio es para toda la vida.

Mi ex le ha llamado para que me meta en vereda y le conceda el divorcio. Con poco éxito, por lo que parece. Muy propio de Mauro. Ayer pensaba mortificarle un tiempo antes de concederle el divorcio, ahora me planteo no divorciarme jamás.

En el segundo plato decido que ya está bien de hablar de Mauro. Pregunto a mi padre por su trabajo. Sé que está inmerso en un juicio a varios terroristas del comando Nafarroa. Me traslada su preocupación por lo envalentonados que encuentra a los acusados y a sus familias, que aplauden y lanzan consignas en favor de ETA en las sesiones del juicio. Los va a emplumar a todos. Por supuesto a los terroristas, pero también a los familiares. Piensa acusarlos de incitación a la comisión de delitos terroristas y mandarlos una buena temporada a la sombra. Así aprenderán, me dice.

Mi padre es partidario de la mano dura. Cree que el gobierno socialista es débil con los etarras y su entorno, y luego «pasa lo que pasa». Cada vez hay más atentados y menos respeto por la ley y la autoridad. En realidad, mi padre piensa que no solo los políticos son débiles. A su juicio, también lo son muchos de sus colegas en la judicatura, que confunden la equidad en la aplicación de las leyes con un exceso de benevolencia. La verdadera justicia aparta de la sociedad a los criminales, sin miramientos. «La debilidad es enemiga del deber, Matilde», me ha dicho infinidad de veces. Una debilidad que ha colonizado las instituciones y de la que se aprovechan los que quieren destruirlas. Incluso la más alta institución, el rey Juan Carlos, le parece débil. Algo que le confirma el rumor que está difundiendo la prensa en los últimos días. Según dicen, ha puesto dinero de su bolsillo para liberar a su amigo Diego Prado y Colón de Carvajal, un banquero que lleva casi dos meses secuestrado por ETA.

—El primero de los españoles cediendo ante los terroristas, hija. No vamos bien. El país no va nada bien —concluye al fin.

Esa es su sentencia y, para él, no cabe apelación. Yo pienso de otra manera. Como a él, no me gusta la ligereza con la que salen ciertos delincuentes a la calle, pero no creo que el camino sea volver a atestar las cárceles de gente. Tampoco sé cómo reaccionaría si unos terroristas secuestraran a un ser querido. Pero en el fondo lo comprendo. A mi padre nadie le ha regalado nada. Todo lo que ha conseguido en su vida lo ha luchado con fuerza y empeño, sin permitirse un amago de flaqueza. Eso le ha hecho desarrollar cierta intolerancia por las debilidades ajenas.

Hablar de la situación de España le entristece y ahora es él quien cambia de tema.

—¿Y tú, hija? ¿Cómo llevas el caso del cine Simancas?

Mi foto en las portadas de los periódicos le ha puesto en antecedentes. Desde el primer día que ingresé en el cuerpo se interesó por mis investigaciones, pese a lo poco que le gusta que su hija sea policía. Es su manera de mostrar que se esfuerza en aceptarme. Le cuento mis pocos avances acerca de la muerte de Poldo. Lo hago con pasión, como siempre. Yo también quiero sentir que me acepta. Él se inclina por el móvil homófobo. De joven juzgó un caso parecido, me dice, el de un chico joven, antiguo seminarista, como él, que seducía a hombres mayores y luego los mataba. En el juicio declaró que después de cada relación se sentía impuro. Matar a sus amantes era su manera de limpiarse. Tuvo que condenarlo a muerte. Así eran las leyes entonces.

Antes de volver a comisaría me paso por casa de Chino. Llamo al telefonillo y no contestan. Una vecina mayor me observa tras los visillos de la ventana del bajo. Me identifico como policía y le pido que se asome. Ella se identifica como Mari. Viste una bata de boatiné rosa, raída del uso, parecida a la que llevaba la madre de Poldo. Es un atuendo habitual en San Blas. Me asegura que Chino está en casa. Lleva todo el día pendiente de la calle y no le ha visto salir.

—Estará drogado, o haciendo el vago, que es lo único que sabe hacer —me dice en voz baja; parece que le tuviera miedo—. Tiene la casa hecha un estercolero. Por su culpa todo el edificio huele a basura. Ayer subí a quejarme y por poco no me tira por las escaleras.

—¿Y su madre? —le pregunto. Me extraña tanta suciedad. La madre de Chino es una mujer hacendosa.

—Marcelina hace lo menos tres meses que se fue para el pueblo.

La madre que le parió. Hace cuarenta y ocho horas me sacó mil pesetas para darle de cenar.

—Pobre Marce, menuda cruz le ha tocado —prosigue Mari—. Llevárselo preso. Eso es lo que tendrían que hacer ustedes.

La señora me abre la puerta de la finca y enfilo las escaleras. La casa de la madre de Chino está en el cuarto piso. A la altura del segundo empiezo a notar olor a basura. Junto a la puerta de la vivienda el hedor es insoportable. Llamo al timbre. No obtengo respuesta.

—Chino, soy la inspector Liébana, sé que estás ahí.

Aporreo la puerta. Una, dos, tres veces. Al fin oigo movimiento dentro. En la mirilla asoma un haz de luz.

—¿Quieres abrir de una vez?

La puerta al fin se abre. Tras ella asoma Chino, despeinado, sucio. Lo habitual.

—Jefa, ¿qué hace aquí?

—Eso me gustaría a mí saber.

—¿Se han quejado los vecinos? ¿Es eso? No he hecho nada malo. Todo es culpa de la guarra del bajo, que le gusta tocar las pelotas.

—¿Me quieres decir por qué huele tan mal?

—Llevo días sin bajar la basura.

Por el salón veo corretear una cucaracha.

—¿Me dejas pasar?

—¿Para qué? —Chino se aferra a la puerta.

—Para hablar.

—¿Tiene orden judicial?

Algo sucede. No es normal en él ponerse a la defensiva.

—¿Qué está pasando, Chino?

Tras un titubeo, me abre paso. El salón es un estercolero. Ropa por el suelo, litronas vacías, cucharas requemadas. La marca negruzca de los rayos catódicos impresa en la pared donde algún día debió de estar la televisión. La ha vendido por unos pocos billetes con los que comprar jaco, estoy segura. Me pregunto si antes o después de que se fuera su madre. La ha dejado sin su único pasatiempo. Como tantas madres de San Blas, Marcelina solo escapa de su vida las horas que pasa al día frente al televisor.

—El dinero que te di era para tu madre. Me debes un talego.

Chino sonríe, como siempre que le pillo en un renuncio.

—Me pilla sin blanca, jefa. Cuando me recupere, se lo pago.

Me adentro en el pasillo sin pedirle permiso. Chino me sigue. Me pongo un pañuelo en la nariz: el olor es nauseabundo. Hay mierda por todas partes. Lo peor me espera en la cocina. La basura se amontona. Hay restos de comida podrida en la mesa, en la encimera, en el suelo.

—Se estropeó la nevera —se excusa Chino—. Tuve que sacarlo todo y se ha puesto malo.

—¿Sabe tu madre cómo tienes la casa?

—La limpio antes de que vuelva del pueblo, se lo prometo.

—La limpias hoy mismo. No quiero ni una queja de los vecinos, ¿estamos?

Chino asiente. Lo haría dijera lo que dijera. Quiere perderme de vista, solo está pensando en su próxima dosis.

—Otra cosa. ¿Te suena ver por el barrio un coche amarillo con matrícula de Valencia?

—A mí me suenan muchas cosas, jefa. Todo tiene un precio, ya sabe.

—Suerte tienes de que no llame a tu madre para que te eche de casa. —Esta vez no pienso sacar la cartera.

—No se ponga así, jefa.

—¿Lo has visto o no?

—Yo no, pero puedo preguntar. ¿De verdad no me va a dar nada? Me conformo con cuarenta duros —suplica Chino.

Por toda respuesta enfilo la puerta. El olor me está mareando. Bajo a la calle y tomo aire. La señora de la bata me está esperando. Está indignada. Yo me voy, pero Chino y el olor se quedan.

10

Al día siguiente, a primera hora, acudo a las oficinas centrales de Comisaría General, en Canillas. Es un complejo enorme lleno de edificios, una ciudad de policías dentro de la ciudad. El Vaticano de la Policía. Durante la dictadura fue la sede de la Policía Armada, disuelta hace cuatro años. La democracia heredó sus edificios y a todos sus miembros. Solo había estado dentro una vez. Una compañera de promoción que pidió destino allí me enseñó un día las instalaciones, pero es la primera vez que vengo a trabajar. He quedado con Puente.

Después de pasar varios controles llego al edificio donde trabaja su unidad. Antes de presentarme a sus hombres, Puente me muestra sus dominios. Su despacho, la sala de reuniones, la de interrogatorios. Quiere impresionarme. El ambiente es muy distinto al de una comisaría de distrito como la de San Blas. Hay mucha puerta cerrada y no se oye ninguna voz más alta que otra. Se respira un ambiente de oficina. Me sienta con su equipo, dos oficiales jóvenes y un subinspector cincuentón y fibroso llamado Blasco. En una pared de cristal hay dispuestas tres fotografías, en blanco y negro, tamaño cuartilla, como en las películas. Están sacadas de los archivos del Documento Nacional de Identidad. Una es de Poldo, otra de Eli y la tercera de un tipo que no identifico, pero que me resulta familiar.

—Es Matos, el portugués —me dice Puente—. Es posible que te suene su cara, trabaja de actor ocasional en campañas publicitarias.

El subinspector Blasco saca una revista y me señala un anuncio de brandy en su interior, a toda página. En primer plano aparece Matos sentado en un sillón de cuero, sujetando una copa. Viril, rudo, mirada penetrante.

—Todavía no hemos dado con él. O está muerto o muy bien escondido.

Me informan de que han peinado la zona de Almirante y la del vecindario del paseo de las Delicias. Tirando del hilo han llegado a una agencia de actores de la calle Carretas, al lado del cine en el que estuve con Romo hace un par de días. La agencia consigue trabajos ocasionales a Matos, como el del anuncio de brandy. Y, durante un tiempo, también tuvo a Poldo en cartera. Allí se conocieron ambos, y allí seguramente Matos le reclutó para ejercer la prostitución.

Puente me pasa un dosier que, según me dice, ha sacado de las catacumbas. Es un listado de población reclusa homosexual de 1972. El nombre de Diogo Matos aparece en él. La Ley de Peligrosidad Social, heredera de la de Vagos y Maleantes, castigaba las prácticas homosexuales hasta 1978, año en que fue modificada parcialmente. La homosexualidad ya no es delito en España, pero su estigma sigue imborrable en documentos oficiales.

Los de la científica les han entregado los resultados del ordenador Berta. Solo dos de las huellas halladas en la sala de proyección coinciden con personas con antecedentes policiales. Blasco saca sus fotos de una carpeta. Los conozco, son un par de yonquis del barrio, uno condenado por hurto y otro por menudeo de heroína. Ya han hablado con ellos y los descartan como sospechosos. Solo uno conserva la entrada del cine, pero ambos tienen coartada.

Puente y su equipo han hecho muchos avances en una sola tarde, mientras yo, obligada por el comisario Morate, ejercía de niñera de Chino. Me molesta no haber participado en sus pesquisas. Al lado de Puente y su equipo me siento pequeña. Intento aportar.

—Habría que buscar el coche del que nos habló Eli.

—Amarillo y con matrícula de Valencia, no son muchos datos —me replica Blasco.

—Podemos llamar a todos los concesionarios de Valencia —propongo—. Hacer un listado con los coches amarillos matriculados en, no sé, los últimos cinco años.

—¿Y por qué no diez? ¿O quince? Es mucho trabajo para un resultado incierto.

—Ponte con ello —concluye Puente—. No podemos desperdiciar ninguna pista.

Blasco asiente sin ganas. Es una pequeña victoria para mi autoestima que, en el fondo, me hace sentir ridícula. Mi lucha es resolver el caso, no ganar el reconocimiento de Puente.

Suena un teléfono. Puente contesta. Al poco, me lanza una mirada.

—Es para ti —me dice, con retranca.

Siento los ojos de todo el equipo clavados en mí. Estoy de prestado en esa oficina, y recibir una llamada es algo más que irregular, raya lo marciano. Solo se me ocurre que pueda ser Morate. Me insistió en que no demorase mi reunión en las oficinas centrales, me quiere en San Blas no más tarde de las once. No son ni las diez. Tal vez quiere marcar territorio. Cojo el teléfono y la voz que oigo al otro lado me hace echar de menos los gritos del comisario.

—Hija, tienes que venir a buscarme. Me voy de la clínica.

Puente no me quita el ojo de encima. Me siento aún más pequeña.

Al volante de mi coche, camino de la plaza Mariano de Cavia, me pregunto quién habrá sido el «agente muy amable», en palabras de mi madre, que la ha atendido por teléfono en la comisaría de San Blas. En vez de coger el recado, le ha dado el número de la Comisaría General y el contacto del inspector Puente. A la cabeza solo me viene Useros. Ya ajustaré cuentas con él.

Mi madre me acaba de meter en un laberinto del que no tengo escapatoria. Se ha dado el alta a sí misma de buena mañana y ha decidido que se va a instalar en mi casa. Tiene apalabrada la venta de la suya y, hasta que se compre una nueva, no se le ocurre un sitio mejor donde estar que en la mía. «Así paso unos días con Lucía», me ha dicho por teléfono mientras Puente y su equipo se miraban entre ellos, incrédulos unos por la interrupción, impacientes otros por seguir trabajando en el caso. Delante de ellos no he querido contradecirla, apenas le he contestado con monosílabos, pero la idea de que viva en mi casa, aunque solo sea unos días, me estremece. No comparto techo con mi madre desde que tenía la edad de mi hija.

Llego a la clínica. Me está esperando en el vestíbulo, maletas hechas, maquillada y bien vestida. Ni rastro de la paciente malhumorada de hace tres días.

—Que no se me ha perdido nada en la comunión, dice. Lucía es tan nieta mía como suya.

Según me cuenta, después de la comida en Casa Ciriaco mi padre le hizo una nueva visita a la clínica con el objeto de quitarle de la cabeza la idea de asistir al evento. A la vista está que consiguió justo lo contrario a lo que pretendía y, además, le dio un propósito para la próxima semana y media: fastidiarle. Es una de las aficiones preferidas de mi madre y, en esta ocasión, nos pilla en medio a Lucía y a mí. La comunión de mi hija va camino de ser un nuevo hito en los horrores de la familia Liébana Ochoa.

Que haya decidido venir a mi casa me desconcierta. Siempre que ha reclamado la compañía de Lucía he tenido que moverme yo a su casa. A una de sus diversas casas. No le gusta dónde vivo. Que dejase el centro para establecerme en la colonia de San Vicente siempre le ha parecido una ordinariez.

—¿No prefieres quedarte en un hotel? —le pregunto camino del coche. No sería la primera vez que se instala en uno durante una de sus mudanzas.

—Tu hija me necesita, Matilde. Tu padre echó a perder tu comunión, no pienso dejar que haga lo mismo con la de Lucía.

—La que montó el número en mi comunión fuiste tú, mamá.

—Nunca te has enterado de nada, Matilde —dice mientras se mete en el coche.

Cierra la puerta y, con ella, la conversación. Me deja con la palabra en la boca, un clásico de mi madre. Otro es cambiar la memoria a su antojo. Diga lo que diga, el recuerdo de aquella niña de ocho años que un día fui, avergonzada al ver a su madre bailando borracha con un joven juez para poner celoso a su padre, es indeleble.

No puedo hacer otra cosa que llevármela a casa. Me esperan en comisaría, no tengo tiempo para la gran discusión que, sin duda, tendría lugar si insistiera en que buscase otro sitio donde quedarse. Cargo sus maletas en el coche y conduzco a toda prisa. La instalo en la habitación de abajo. Todo le resulta feo e incómodo, pero dice que está dispuesta a hacer el sacrificio. Estar junto a su nieta lo compensará todo. Hace planes, veo maquinar su cerebro. Me pide las llaves de casa, quiere entrar y salir cuando le venga en gana. Pero no tengo juego de repuesto, tan solo el mío, el que lleva Lucía al colegio y el que guarda mi padre en su casa. Reclama que le haga una copia. No digo que no. Tampoco que sí. Con suerte, se habrá cansado pronto de estar en mi casa. Arrepentirse de una decisión es otro de sus clásicos. Me pregunta a qué hora termina las clases Lucía; quiere ir a buscarla y darle la sorpresa. Quedo con ella en ir juntas al colegio, no me queda otra. Está disparada, eufórica. Después de estas subidas de ánimo siempre viene un bajón. Espero que para entonces esté lejos de Lucía y de mí. Le pido por favor que no beba en el tiempo que se quede con nosotras. No quiero que mi hija pase por nada de lo que yo pasé a su edad.

—Ya está la *policía*. ¿Por quién me tomas, hija?

¿Que por quién la tomo? Por una madre alcohólica e irresponsable que ahora juega a ser la abuela estupenda. Me fascina la facilidad que siempre ha tenido mi madre para olvidar sus faltas. Otro clásico.

11

Llego a la comisaría pasada la una de la tarde. Morate me recibe de uñas. Amenaza con hablar con los jefes de Puente para retirarme del caso. No creo que se atreva. Le pido disculpas, aguanto el chaparrón y enfilo mi mesa.

—Buenos días, *jefa*.

Useros me saluda con una sonrisa socarrona. No hay duda, él es el *amable agente* que atendió a mi madre. Le enfango con trabajo administrativo, yo también sé dar por saco. Le pido informes detallados de todos los robos con violencia en San Blas desde el mes de enero.

—¿Todos? —Su sonrisa se congela. Le acabo de enterrar en papel durante unos cuantos días.

—Para la semana que viene, sin falta. Tenemos que ponernos al día, Useros.

Lo peor llega con Romo. Está celoso. Me recrimina no haberle llevado a Canillas, él también forma parte del caso. Una ausencia en San Blas es mucho para Morate, le digo, dos sería inasumible. Aunque, en realidad, ambos sabemos que el comisario no le echaría de menos. Le prometo llevar el caso juntos siempre que estemos en nuestra comisaría, pero las visitas a Servicios Centrales me las reservo solo para mí. Me lo llevo a la máquina de café. El fluorescente del pasillo parpadea sobre su rostro. Se cruza de brazos. No habla. Parece un niño enfadado, a punto de amenazar con dejar de respirar si no se le hace caso. Le pongo al día de los avances en la investigación. Me traspasa con la mirada. Sus celos no son profesionales. Le ha cogido manía a Puente. Cree que quiere algo conmigo.

—Ten cuidado con él. Le tengo calado.

—Solo le has visto una vez, Romo —me río, no lo puedo evitar.

Todo en Romo me hace gracia. Su inseguridad me complace, me hace sentir poderosa.

—¿Qué pasa, te gusta?

—Lo último que quiero en la vida es liarme con nadie. Todavía no sé por qué me lío contigo.

—Si quieres te lo explico.

Romo posa la mano en mi cintura. Me acerca a él. Si le dejara, sería capaz de besarme allí mismo.

—La baldosa, Romo.

Cuando empezamos nuestra relación le puse una condición. En comisaría siempre estaríamos separados por, al menos, una baldosa de distancia. Nada de cercanías innecesarias.

El oficial López asoma por el pasillo:

—Inspector Liébana, tiene visita.

Romo se separa. López disimula y mira al suelo. No me tiene inquina, como Useros, pero lo contará. Vamos a estar en boca de toda la comisaría. Podré soportarlo, siempre que no llegue a oídos de la mujer de Romo, claro. Lo último que quiero es romper un matrimonio. Fulmino a Romo con la mirada y enfilo la sala.

Junto a mi mesa hay un tipo de unos treinta años con mi tarjeta de visita en la mano. Su aspecto es viril y rudo, como en el anuncio de brandy, pero su mirada no es penetrante. Es Matos, el amigo de Poldo, y está asustado.

—En cuanto vi que se habían llevado el paquete, zupe que a Poldo le había pasado algo.

La taza de tila que le he hecho traer tintinea cada vez que Matos la posa sobre el pequeño plato de loza. Bebe a pequeños sorbos, como si necesitase ingerir algo de combustible en forma de infusión para soltar cada frase. Habla en suspiros, casi sin acento portugués, apenas el hábito de cambiar por zetas algunas eses, solo algunas. Difícil dicción para ser actor, no creo que pase nunca de salir en anuncios de revista.

Lleva tres días con el susto en el cuerpo, escondido en casa de un amigo. La noche que mataron a Poldo se la pasó con un cliente en el hotel Praga, en Carabanchel. Aquel servicio tal vez le salvó la vida. Cuando el domingo por la mañana llegó a su buhardilla del paseo de las Delicias, se encontró la puerta abierta y todas sus pertenencias tiradas en el suelo. La balda del armario donde guardaba un misterioso paquete que le había confiado Poldo estaba vacía.

—¿Qué había en el paquete? —le pregunto.

Estoy sentada frente a él, apurando mi café de máquina. Romo está sentado a mi lado, más pendiente de mí que de Matos.

—No lo zé, se lo juro. Era del tamaño de un libro grande, es lo único que le puedo decir. Poldo me dijo que, cuanto menos zupiera, mejor. Debía ser algo gordo, me dijo que quería dar un golpe y desaparecer.

Me pregunto qué clase de golpe podía dar un chapero aspirante a actor como Poldo.

—Pues el golpe se lo ha llevado él. En la cabeza. Le dejaron seco —apunta Romo, tan oportuno como siempre.

La taza está a punto de resbalar de las manos de Matos. Se está arrepintiendo de haber venido. Le ha costado cuarenta y ocho horas dar el paso, desde que Eli le mostró la tarjeta de visita que le di en nuestra incursión en la calle Almirante.

—No van a dejar que me pase nada, ¿verdad?

—Lo que fuera que buscasen estaba en el paquete —le intento tranquilizar—. De usted no creo que quieran nada.

Matos respira hondo. Al poco, vuelve a dar un sorbo a su tila.

—Me dio el paquete hará un mes, justo antes de marcharse de casa. Poldo iba y venía, no siempre vivía conmigo. Me dijo que lo que había dentro era zu seguro de vida. Y que, si en el plazo de seis semanas no tenía noticias suyas, lo mandara por correo a la redacción de *El País*.

Si el paquete podía resultar de utilidad para un periódico solo podía contener una cosa: información.

—¿Tenían una relación? ¿Eran novios o algo parecido? —le pregunta Romo.

Matos niega vehemente con la cabeza.

—Cuando venía a casa me pagaba un alquiler por su habitación. Éramos compañeros de penas, nada más. Es lo único que funciona. En el momento en que te metes en la cama, ze estropea todo.

Vuelvo al paquete y al momento de la marcha de Poldo. Ahí está la clave.

—Dice que Poldo pasaba temporadas fuera de su casa. ¿Le había dejado algo en custodia con anterioridad?

—No.

—¿Y no le pareció raro que lo hiciera esta vez? ¿No sintió curiosidad por lo que había dentro del paquete?

—Ya le he dicho que no me quiso contar nada.

Reformulo. Tal vez a Matos se le haya escapado algo importante.

—¿Notó algo extraño en su comportamiento antes de que se marchara de su casa esta última vez?

Matos hace memoria.

—Últimamente andaba más justo de dinero y había vuelto a hacer chapas. Pero eso no es extraño, es a lo que nos dedicamos.

Si había vuelto a hacer chapas es que antes lo había dejado. Primera noticia de que Poldo tuviera otra fuente de ingresos más allá de la que le proporcionaba su cuerpo.

—¿Cómo se mantenía cuando no ejercía? —le pregunto.

—Un cliente lo había retirado. Lo tenía como una reina. Pero todo lo bueno ze acaba. Todo se acaba siempre. —Matos apura su taza.

Parece exhausto. Temo que se desvanezca allí mismo. Necesita más combustible.

—Si quiere le pido otra tila.

—Lo que quiero es irme de aquí —me dice, casi suplicante.

—Ya estamos terminando. Hábleme de ese cliente, por favor.

Matos toma aire de nuevo.

—Nicolás, se llama Nicolás.

—Nicolás, ¿qué más?

—El apellido no lo sé. Solo sé que trabaja en una notaría, por el barrio de Salamanca. En la calle General Oráa, creo que me dijo Poldo una vez.

Un nuevo hilo del que tirar. Apunto en mi libreta.

—¿Trabaja en una notaría o es notario? —El matiz es importante. Un notario puede retirar a quien quiera. Alguien que trabaja para un notario no dispone de tanto dinero.

—No lo sé. Le conocí en una sauna. Al principio era cliente mío, pero Poldo me lo robó. No le culpo. Nicolás se volvió loco por él nada más verle. Poldo le zacaba dinero. Pero los billetes le quemaban. Se dejaba todo en ropa, en regalos para su madre, me llenaba la nevera... Poldo era así, muy generoso.

—Generoso con el dinero de otro —matiza Romo.

—No creerán que lo ha matado Nicolás, ¿no? Es incapaz de hacer daño a nadie. Es un buen chico.

Que te desplumen y luego te abandonen es un motivo poderoso para matar a alguien. Si lo que dice Matos es cierto, tal vez la relación entre Poldo y el tal Nicolás duró lo que duró el dinero de este último. Pero si fue él quien lo mató, no lo hizo solo. El escenario del crimen nunca miente y habla de varios autores, lo que no casa del todo con el crimen pasional. Los que matan por odio disfrazado de amor no correspondido lo hacen solos.

Antes de que se marche, le pido a Matos que se mantenga localizable por si tenemos que recurrir a él de nuevo. Se niega a darme la dirección de la casa donde supuestamente se oculta, no quiere que nadie sepa dónde está, ni siquiera la policía. Me ofrece el teléfono de una escuela de teatro de la calle Olivar, en Lavapiés, regentada por un tal Abel

Greco. Él sabrá dónde localizarlo en caso de que lo volvamos a necesitar. Me pide entrar en el programa de protección de testigos. Me temo que, igual que Poldo, ha visto mucho cine americano. Ni es testigo de nada ni en España existe ningún programa parecido. Espero que su película no tenga el mismo final que la de su amigo.

Una vez solos, pongo a Romo a investigar cuántas notarías hay en la calle General Oráa; esta tarde sin falta tenemos que dar con el tal Nicolás. Yo tengo que llamar a Puente para informarle de todo, pero antes marco el teléfono de casa de Asun. No voy a poder ir a por Lucía al colegio, y no quiero que mi madre se presente allí sola. Es muy capaz de montar algún número con las otras madres o con los profesores. Pero Asun no está en su casa, me dice su padre, se ha ido a estudiar a la biblioteca, los exámenes de fin de curso están cerca. Mierda. Llamo a mi casa. Aviso a mi madre para que no hable con nadie cuando recoja a Lucía. Me llama *policía* y me cuelga el teléfono.

12

Un relieve de bronce con la oración latina *Nihil prius fide* junto a dos grandes letras, una M y una E, preside la pared de la entrada en la notaría Marchesi Escudero. *Nihil prius fide,* nada antes que la fe. La fe pública, claro. Es el lema de los notarios, tomado del poeta romano Propercio. Lo aprendí en mis años de estudiante en la Facultad de Derecho. La notaría Marchesi Escudero es una de las dos que hay en la calle General Oráa. La única en la que trabaja un tal Nicolás. Ocupa los dos pisos de la primera planta de un edificio señorial, al que se accede por un enorme portal de suelo de mármol y sofás de cuero marrón que sirven más de adorno que de asiento. Una secretaria nos hace pasar a una sala de visitas forrada de estanterías con libros jurídicos. Allí nos atenderá en persona el señor Marchesi en cuanto le sea posible, nos dice. Tiene la agenda repleta. Es uno de los notarios con más volumen de negocio de todo Madrid, amigo de empresarios y constructores. Un pez gordo. Puente me ha insistido en vernos con él antes de llegar a Nicolás, que, por cierto, también se apellida Marchesi. Además de ejercer de copista en la notaría desde hace unos años, es hijo del señor notario. Mejor ir con tiento.

Mientras esperamos, Puente me felicita por mis avances en la investigación, pero me advierte que no vuelva a tomar declaración a nadie si no es en su presencia. De hecho, tiene pensado citar a Matos en la Comisaría General de Canillas para que le cuente todo otra vez en persona. Él sabrá. No le va a sacar nada que no le haya sacado yo. Romo se ha quedado rezongando en San Blas. Le he dicho que no viniera. No quiero que cruce palabras con Puente y nos deje en ridículo a los dos. Por ahora, mejor poner distancia con él.

Después de más de cincuenta minutos, el señor Marchesi se digna a aparecer. Corpulento, pelo cano impecablemente peinado y traje a medida que disimula sus hombros cargados.

—Disculpen la tardanza. En la notaría no abundan ni el tiempo ni las visitas inesperadas.

Sus gafas de pasta remarcan unos ojos que no miran, escrutan. No le agrada nuestra presencia. El peso de la conversación lo lleva Puente y yo le dejo hacer. Si tienes a un hombre por encima, mejor no pasarse de lista. Y, por lo que se ve, con la declaración de Matos he estado cerca de cruzar esa línea. Es preferible estar siempre un pasito por detrás. Esa lección la aprendí mucho antes de entrar en la Academia de Policía. Nos la enseñan a todas las mujeres antes incluso de que aprendamos a hablar.

Puente le explica que el nombre de su hijo ha salido en el transcurso de una investigación y necesitamos hablar con él. No le da más datos. Tampoco Marchesi se los pide, quiere que nos vayamos de ahí cuanto antes.

—Nicolás tuvo un accidente doméstico y lleva unos días de baja. Mi secretaria les dará la dirección de su casa. Ahora, si me disculpan, tengo mucho trabajo.

Marchesi le da la mano a Puente, yo me tengo que conformar con un movimiento de cabeza. Nada más salir el notario de la sala de espera, aparece la secretaria con la dirección de Nicolás escrita en un papel con el membrete de la notaría. Marchesi nos ha tenido esperando casi una hora para despacharnos en menos de un minuto. Por si acaso no sabíamos quién era.

Nicolás vive con su mujer y sus dos hijos pequeños en la calle Padilla, a unas pocas manzanas de la notaría, en otro edificio señorial. Mucha casa para un copista de notaría, lo normal para el hijo de un acaudalado notario. Nos recibe en la puerta. Sabía que íbamos a visitarle. Marchesi no se ha dado prisa en atendernos, pero sí en avisar a su hijo por teléfono de nuestra visita. A diferencia de su padre, es de pequeña estatura y tiene hombros estrechos. Lleva puestas unas gafas de sol que apenas disimulan el hematoma que le asoma en el pómulo derecho.

—Me caí en la ducha —nos suelta sin haberle preguntado.

Intercambio una mirada con Puente. Los dos sabemos distinguir entre la marca que deja una caída y la que deja un puño.

—¿Conocía usted a Leopoldo de la Cruz? —Después de las presentaciones, Puente va directo al grano. Tiene menos miramientos con el hijo que con el padre.

Del interior llegan voces de niños. Sus hijos, sin duda. Nicolás baja el tono de voz.

—Sabía que antes o después llegarían hasta mí. —Sus ojos se humedecen—. Me enteré de su muerte por los periódicos. Todavía no me lo creo.

Nicolás viste un polo verde Lacoste, pantalones color crema y mocasines tipo castellano, el uniforme no oficial de los de su extracción social. Lo conozco bien, fue mi ambiente antes de meterme a policía. Todos mis amigos del colegio y de la universidad, empezando por mi exmarido, vestían igual. Y aún lo siguen haciendo los fines de semana, cuando abandonan los trajes y las corbatas que les exigen sus distinguidos trabajos. Me fijo en sus pies. Los tiene pequeños. Calculo una talla treinta y nueve. Las huellas ensangrentadas del escenario del crimen no son suyas. Los de la científica han determinado que dos de los asesinos calzan un cuarenta y dos, y el otro, un cuarenta y tres.

Nos pide hablar en una cafetería, su mujer está a punto de llegar y no quiere que nos vea allí. Se mete al interior y oímos cómo ordena a una chica de servicio que dé de merendar a los niños y le diga a su esposa, cuando llegue, que se ha ido a dar un paseo. A los cinco minutos estamos los tres sentados en el VIPS de la calle Lista, con su aspecto de nave espacial, sus paredes rojas y negras, su griterío de niños y sus señoras tomando tortitas con nata. Nicolás ha elegido el lugar más bullicioso del barrio de Salamanca, tal vez así quiera ahogar en ruido todo lo que nos tiene que contar. Lo entiendo. Tres años atrás yo llevé a Lucía a otro VIPS, el del paseo de la Habana, para contarle que me separaba de su padre. Quise explicárselo de la manera más adulta posible para que supiera qué terreno pisaba y que no le pasara lo que a mis hermanos y a mí. Cuando mi madre se fue de casa, mi padre nos dijo que se había marchado de viaje. En realidad, no mentía, pero tampoco decía toda la verdad. Mi madre se instaló una larga temporada en Bilbao y luego volvió a Madrid, con el rencor hacia mi padre intacto y con un trastorno mental que le fue diagnosticado como neurastenia. Casi dos años después de su marcha, mis hermanos y yo la volvimos a ver con la cabeza repleta de preguntas sin respuesta. Fue durante su primer ingreso en la Clínica Doctor León. Allí, en el mismo jardín donde hace unos días jugaba a las palmas con mi hija, nos espetó su verdad: casarse había sido su mayor equivocación, ojalá no hubiera conocido nunca a mi padre ni nos hubiera tenido a nosotros. Aquella revelación tremenda, que tu propia madre desee tu no existencia, se nos quedó grabada a fuego a los tres hermanos y aún me asalta, a veces, cuando pienso en ella en mis noches de insomnio.

—¿Dónde estaba la madrugada del sábado al domingo? —Puente no espera a que nos tomen la comanda para volver directo a la yugular de Nicolás.

—No creerán que le he matado yo.

—Solo hacemos comprobaciones. —Quiero parecer menos fiera que mi compañero. Nicolás está colaborando, veo innecesario asustarle. Al menos, de momento.

—La noche que lo mataron estaba en casa, con Noelia y los niños. Si necesitan comprobarlo, pueden preguntárselo a ella. Pero, por favor, no le hablen de Poldo. Ella no sabe nada de... de lo mío.

Noelia es su mujer. Llevan diez años casados. No la conozco, pero me despierta compasión. Que tu pareja te engañe es duro, lo sé por experiencia. Que te engañe con otra persona de su mismo sexo es una estafa. Va más allá de unos cuernos, significa que nunca has sido su proyecto de vida, tan solo una coartada.

—¿Y su padre? ¿Sabe algo de... lo suyo? —Puente sigue percutiendo.

Es nombrarle a Marchesi y tensarse todo su cuerpo.

—¿Qué... qué les ha contado mi padre? —nos pregunta con voz trémula, atropellando cada palabra con la siguiente que sale de su boca.

—Solo nos ha hablado de su accidente doméstico —le informa Puente.

Nicolás trata de recomponerse. Se recoloca las gafas de sol en un intento vano de cubrirse el pómulo maltrecho. Hablar de su padre le incomoda.

—Con quién me meta en la cama solo es asunto mío, de nadie más.

—Lo suyo con Poldo era algo más que un asunto de cama, ¿verdad? —pregunto.

Al contrario que Puente, siento que lo que nos hace avanzar es hablar de él y del muerto, no de si su padre conoce sus apetitos sexuales. Me parece distinguir un brillo bajo las gafas de sol. Es una lágrima. Nicolás la sacude con un movimiento enérgico de la cabeza.

—Da igual lo que fuera. No podía ser. Y punto.

—¿Por qué dejaron de verse? ¿Se cansó de darle dinero?

Nicolás me mira dolido. Tarda unos segundos en responderme:

—Yo no le daba dinero.

—No es esa la información que tenemos.

—Poldo tenía caprichos, y a mí me gustaba dárselos.

—¿Y entonces? ¿Por qué terminaron su relación? —insisto.

—Poldo quería que lo dejara todo. Pero tengo una posición. Una familia. No podía irme con él.

Viene una camarera a tomarnos nota. Nicolás se pide un whisky con hielo. Puente se pide otro. A mí me apetece un café, pero me pido una manzanilla. Meterme un estimulante en el cuerpo más allá de las cuatro de la tarde es asegurarme una noche completa en vela.

—¿Sabe algo de un paquete? —Cuando la camarera nos deja, prosigo con mis preguntas—. Poldo guardaba en un paquete algo que buscaban los que le mataron. ¿Sabe qué podría ser?

—Ya le he dicho que no tengo nada que ver con su muerte.

Puente vuelve a la carga:

—La inspector Liébana le ha preguntado por un paquete, no por su supuesta implicación en un asesinato.

—No sé nada de ningún paquete. —Nicolás aprieta las mandíbulas—. Poldo y yo dejamos de vernos después de Navidad, hace meses que no sé nada de él.

En Navidad Poldo regaló a su madre un televisor. Tal vez fuera el último de sus caprichos pagados con el dinero de Nicolás.

El resto de la conversación transcurre tensa. Nicolás quiere perdernos de vista. Nos pide permiso para marcharse, con educación. A pesar de sus nervios, todo en él es educado. Me acuerdo de algo:

—Solo una cosa más. ¿De qué color es su coche?

—No tengo coche. No sé conducir.

Puente le cita mañana a las nueve y media en la Comisaría General. Tiene que firmar su declaración escrita. Cuando Nicolás sale por la puerta, la camarera trae las bebidas. Dejo la manzanilla intacta. No he encontrado la bebida con la que sustituir el café de las tardes. Puente se bebe su whisky de un trago. Luego agarra el de Nicolás.

Entro en casa casi a las nueve, con temor de lo que pueda encontrarme. Puente me ha tenido un buen rato en el VIPS. Se ha empeñado en repasar punto por punto todo lo que tenemos. Me gusta su método. Es puntilloso. Revisa una y otra vez los nudos de la investigación, por si en el proceso nos percatamos de algo nuevo. Lo mismo que hago cada noche con mi libreta. De paso, le ha dado tiempo a pedirse otro par de copas. En el salón me encuentro la televisión encendida, a todo volumen. Manuel Campo Vidal despide la segunda edición del Telediario sin nadie que le vea, al menos en mi casa. Muy propio de mi madre. Apago el televisor. Me llegan voces procedentes del patio trasero. Allí está, de charla con Lucía, con un cigarro en la mano y el cenicero colmado de colillas. Mi hija me recibe con un abrazo. Está muy contenta de tener allí a su abuela. Se la ha presentado a todas sus amigas a la salida del cole, me dice.

—Mañana me la llevo de compras —apunta mi madre—. No tengo nada que ponerme para la comunión. Me va a ayudar a elegir un vestido.

Por supuesto, Lucía ni se ha puesto el pijama ni ha cenado. Mi madre nunca se ha ocupado de las pequeñas intendencias. No lo ha hecho ni con ella misma ni con sus hijos, no lo va a hacer ahora con su nieta. Mando a Lucía a la ducha mientras le preparo unos huevos fritos. Mi madre no quiere nada. Come poco. Se alimenta de humo. No hay ni rastro de alcohol, en eso me ha hecho caso. Primer día de estancia en casa y no ha habido ninguna catástrofe. Ya llegará.

Me voy a la cama. Pese a mi prevención con el café, cuando el reloj de mi mesilla marca las tres sigo con los ojos abiertos. Pienso en Nicolás. También voy punto por punto, como Puente, pero, por una vez, no pienso en el caso, pienso en su vida. ¿Nos ha contado la verdad? Si es así, tuvo opción de aceptarse como es y empezar de cero con Poldo, y, sin embargo, prefirió quedarse con su mujer y sus hijos. Ser homosexual no es lo que se puede esperar de alguien de su posición. Y mucho menos fugarse con un chapero. Tal vez le faltaron arrestos para desviarse del camino que se espera de él. Yo los tuve para hacerme policía. La mera comparación entre la vida de Nicolás y la mía me desagrada. Qué sabré yo de los muros que habrá tenido que trepar Nicolás Marchesi. ¿Y su mujer? Esa pobre también vive una mentira y, al parecer, ni siquiera lo sospecha. O igual sí y prefiere hacerse la tonta. Hay quien prefiere la mentira a la humillación. Mañana Puente y yo hablaremos con ella para comprobar la coartada de Nicolás. Tendremos que ser cuidadosos y no desvelar su relación con Poldo. Si de verdad no sabe nada de las tendencias sexuales de su marido, ¿qué haría si se enterase? ¿Le abandonaría? Lleva años junto a una persona que, en realidad, no conoce. Aunque, a decir verdad, creo que nadie termina de conocer del todo a su pareja. Ningún matrimonio, al menos los que yo conozco, aguantaría la prueba de la verdad absoluta. Nos aburrimos de nuestras parejas, de tanto como creemos conocerlas, pero siempre hay parcelas en el interior de cada uno que ni nos muestran ni mostramos. Y cuando algo oculto se revela, la relación cambia. Cuando decidí ser policía para llenar un vacío que me llevaba acompañando toda la vida, Mauro me repudió. Cuando entendí que él era incapaz de pensar en nadie que no fuera él mismo, le detesté. Conocer toda la verdad de tu pareja es duro. Estoy de acuerdo con Nicolás: mejor que su mujer no se entere, al menos por nadie que no sea el mismo Nicolás.

Me levanto a beber agua. El salón es una humareda. Mi madre quema cigarrillos mientras hojea un reportaje sobre Julio Iglesias y su hija Chabeli en la revista *Hola*. La habrá comprado ella, en mi casa no entra más que la prensa del día, que me dejan en el buzón cada mañana. Lleva apenas unas horas viviendo con nosotras y tengo la sensación de que ocupa todo el espacio.

—¿Tú tampoco puedes dormir? —me pregunta al tiempo que cierra la revista—. Me he tomado un somnífero, estaba esperando a que me hiciera efecto. ¿Quieres uno?

—No, gracias.

Mi madre me da las buenas noches y enfila el camino hacia su habitación. Me resisto a dejarla marchar. Tenemos una conversación pendiente desde esta mañana. En mitad de la madrugada, las dos solas, es una buena ocasión para retomarla.

—¿Qué quisiste decir antes con lo de que papá casi echa a perder mi comunión?

Mi madre se para ante la puerta del pasillo. Me mira y piensa qué responderme. Lo hace con otra pregunta.

—Al poco nos separamos, ¿te acuerdas?

—Dirás que te fuiste de casa. Que yo sepa, papá nunca quiso separarse.

—¿Y no te has preguntado nunca por qué me fui?

—Estabas harta de él y de tus hijos. Eso fue lo que nos dijiste cuando te volvimos a ver.

—Estaba harta de la vida que tu padre había decidido para mí. Tu padre siempre lo decide todo.

—Pero entonces ¿pasó algo que yo no sepa?

—Pasaron muchas cosas, hija. Muchas. Tu padre por poco no me mete en la cárcel, no te digo más.

La capacidad de inventiva de mi madre no defrauda. Siempre es capaz de rebasar nuevas cotas. Empiezo a dudar de que lo que se haya tomado sea un somnífero.

—Venga, mamá, por favor.

Mi madre me mira con ojos cansados.

—Me está haciendo efecto la pastilla.

Y, sin decir nada más, se va a su cuarto. Me ha dejado de nuevo con la palabra en la boca. Decido volver a la cama. Sigo sin poder dormir. La cabeza ahora no se me va a Nicolás. Pienso en la niña que fui cuando mis padres vivían juntos. Pienso en sus peleas. En el desconcierto de los días en que mi madre de pronto desapareció de casa. En aquel entonces, los maridos podían denunciar a sus mujeres por abandono del hogar. La policía podía detenerlas. Si las cosas se ponían feas, podían pasar alguna noche en el calabozo. Tal vez mi madre sintió esa amenaza, pero de ahí a meterla en la cárcel hay un abismo. No, la acusación de mi madre no tiene sentido. Además, mi padre se ha seguido ocupando de ella todo este tiempo, aunque no se lo mereciera. Nunca le ha deseado ningún mal.

Casi son las cinco cuando empiezo a cerrar los ojos.

13

Disimulo las ojeras con corrector y llevo a Lucía al colegio. Mi madre se queda en casa, dormida. Tardará en despertarse; la pastilla sigue haciendo su efecto. Mejor. Más tiempo en la cama, menos tiempo para hacer alguna de las suyas. En Comisaría General me facilitan el paso en los controles. Ya me conocen. Puente me recibe en el vestíbulo de su unidad. Me informa de que después de vernos con Nicolás le tomaremos declaración a Matos. En mi caso, por segunda vez. Anoche, después de nuestra charla en el VIPS, hizo una visita a la escuela de teatro de la calle Olivar. Allí le recibió el director, el tal Abel Greco, un argentino homosexual, exiliado de la dictadura militar de Videla, que se comprometió a contactar con Matos. Este ha llamado a Comisaría General hoy a primera hora. Ha accedido a entrevistarse con Puente, pero en la propia escuela del señor Greco. Sigue muerto de miedo y no quiere saber nada de pisar otras dependencias policiales. Con la visita de ayer a San Blas tuvo bastante.

Llegamos a la sala de reuniones. En la pared de cristal, el equipo de Puente ha colocado una foto de Nicolás al lado de la de Poldo. Tienen novedades que contarme. Blasco acaba de llegar de una sucursal del Banco Pastor. Pidió ayer una autorización judicial y hoy ha tenido acceso a las cuentas bancarias de Nicolás. Tiene dos. En una recibe su sueldo de la notaría, puntualmente, el día 28 de cada mes. No gana mucho. Menos que un inspector de policía. El trabajo de copista en la notaría no da para más. En esa cuenta tiene domiciliados los gastos de la luz, el teléfono y el colegio de sus hijos, y constan pequeños reintegros semanales, suponemos que para sus gastos del día a día. En la otra viene lo interesante. Es la cuenta de un hijo de notario. O al menos lo era. El año 1981 cierra con un saldo de más de tres millones de pesetas, ahora la tiene casi a cero. De año y medio a esta parte se suceden reintegros, cada diez o quince días, de cantidades variables. Veinte mil, treinta mil, cincuenta mil pesetas. Encaja con el relato de Matos. Poldo le sacaba el dinero a Nicolás. O, en palabras de este, Poldo tenía caprichos y él se los daba. De ese dinero ha salido la televisión de casa de su madre, las neveras llenas de Matos y quién sabe cuántos gastos más. A partir de enero de este año hay semanas sin movimiento en la cuenta. Se acabó la relación de Poldo con su amante y se acabó el gasto. Pero hace menos de dos meses, el 15 de marzo, un asiento negativo de quinientas mil pesetas deja la cuenta casi sin saldo.

—Esto es algo más que un capricho —apunta Puente.

—Tal vez un chantaje —remato yo.

Nicolás no nos ha dicho la verdad. O, al menos, no toda. Ese medio millón no encaja con su historia. Desarrollo una teoría:

—Supongamos que ese medio millón se lo dio Nicolás a Poldo. Nadie da tanto dinero a otra persona porque sí, y menos si han roto dos meses atrás. Apuesto a que el paquete que desapareció de casa de Matos tiene algo que ver.

Mi tesis presenta, aún, algún agujero. Puente lo señala.

—Si Nicolás le hubiera pagado por el contenido del paquete, Poldo se lo habría dado, no se habría quedado con él.

—Tal vez le engañó —contesto—. Tal vez quería desplumarlo indefinidamente.

Puente asiente. Blasco también. No está mal para una inspectora de comisaría de barrio.

¿Qué contendría el paquete? ¿Fotos comprometidas de Nicolás? ¿Le amenazaría Poldo con destapar su homosexualidad? Le dijo a Matos que lo que había en su interior era su seguro de vida, pero tal vez fue lo que le llevó a la tumba. En esta hipótesis, el móvil del crimen se hace más evidente. Nicolás no pisó el cine Simancas, pero pudo pedir a alguien que cogiera un bate de béisbol y lo pisara por él. No parece el tipo de persona capaz de encargar un asesinato, es cierto, pero cuando a alguien le ponen al límite no se puede descartar que sea capaz de rebasarlo. Tal vez Nicolás se vio obligado a elegir entre que le destrozaran la vida o terminar con la vida de quien le amenazaba. Tenemos que apretarle más en la siguiente declaración. Miro el reloj de pared. Son casi las nueve y media, la hora a la que le citó Puente.

—Hacemos lo de ayer, Liébana. Primero yo le asusto y luego tú le sonsacas. Nos complementamos bien.

Puente tiene un plan. Siempre tiene un plan. Suena el teléfono. Antes de contestar, me dedica una mirada:

—¿Quieres coger tú? Lo mismo es tu madre.

Todos me miran con una sonrisa de burla en la cara. Me pongo roja, no lo puedo evitar. Lo peor es que igual Puente tiene razón. Me imagino a mi madre al otro lado del teléfono, en el salón de mi casa, con el pelo enmarañado y los ojos legañosos, sin tabaco que llevarse a la boca, preguntándome dónde puede encontrar un estanco en ese barrio del demonio en el que vivo.

Puente descuelga el teléfono. Por su gesto enseguida sé que no se trata de mi madre. La conversación dura poco.

—Que nadie toque nada —da una orden a su interlocutor y cuelga.

Se queda en silencio unos segundos, como si tratara de asumir lo que acaban de comunicarle. Mira la foto de Nicolás que está pegada a la pared, luego se levanta y se gira hacia mí, severo:

—Nos vamos. Nicolás se ha suicidado.

Dos zapatos del número treinta y nueve se balancean, de forma casi imperceptible, sobre un gran escritorio caoba repleto de papeles y expedientes. Dentro de los zapatos están los pies de Nicolás. Todo su cuerpo pende de una cuerda atada a la gran lámpara de estilo isabelino que preside el despacho de su padre. Allí, ahorcado, se lo ha encontrado el señor Marchesi al llegar a la notaría. Por lo visto, Nicolás salió de su casa de madrugada, subió a la primera planta del edificio de la calle General Oráa y decidió terminar con todo. Al despertar, su mujer lo echó en falta y llamó a la notaría. La secretaria del señor Marchesi la atendió al teléfono sin aportarle información sobre su paradero —Nicolás seguía de baja, no se le esperaba en la notaría— y, por supuesto, sin sospechar que un collar de cuerda había cerrado su garganta al otro lado de la pared. Uno de sus cometidos como secretaria es no dejar entrar a nadie en el despacho del señor Marchesi sin estar él presente. Ni siquiera ella misma tiene permitido hacerlo. De modo que, de todos los sitios donde podía haberse matado, Nicolás ha elegido el único lugar donde a buen seguro el primero en encontrarle sería su padre. Le dedica su muerte. También le dedica la nota ológrafa que ha dejado firmada sobre la mesa. Apenas siete palabras:

> Siento no haber estado a la altura.

—Lo bajamos ya. —Santos, el forense, hace un gesto a los de la científica.

Puente les ha pedido que lo dejaran todo como estaba hasta nuestra llegada. Quería inspeccionar cada detalle. Yo también. Mientras su equipo hace fotos de todo, tomo nota en mi libreta. «Nicolás, suicidio, cuentas pendientes con Marchesi».

Tienden el cuerpo sobre el suelo. Santos se acuclilla y acerca la cara a la del muerto. La asfixia ha amoratado todo su rostro y ennegrecido el cardenal del pómulo, que ayer trataba de camuflar tras unas gafas de sol. Tiene el gesto calmado de lo inerte, pero los restos de saliva seca, casi espuma, alrededor de la boca sugieren el sufrimiento de sus últimos momentos. Una gran hendidura de color violáceo, provocada por la cuerda, se dibuja en el cuello. Puente y yo registramos sus bolsillos. Solo lleva el juego de llaves de la notaría.

—Este me va a dar menos trabajo que el del otro día. A bote pronto, diría que lleva muerto cuatro o cinco horas. La autopsia dirá. —Santos recoge su maletín. No tiene nada más que hacer allí.

Marchesi aprovecha la salida del forense e irrumpe en el despacho. El par de agentes que le estaban atendiendo en la antesala intentan llevárselo. Pero es en vano, Marchesi es fuerte y decidido. Es el tipo de persona acostumbrada a imponer su criterio. Lleva el luto en la cara, pero está entero. Me interpongo entre el notario y el cuerpo sin vida de su hijo. Ya ha tenido bastante con encontrárselo colgado hace apenas un par de horas.

—Es mejor que nos espere fuera —le digo.

—Es mi despacho, no me diga lo que tengo que hacer.

Pasa de largo sin mirarme a la cara. Se para frente al cadáver. Un brillo aparece en sus ojos. No es pena, es rencor. Se gira hacia Puente, a mí me obvia:

—¿Ven lo que han conseguido? ¿Qué derecho tenían de asustarle de esa manera? —Parece que habló con su hijo después de nuestra visita—. Nicolás no tenía nada que ver con la muerte de ese maricón.

—Sentimos mucho su pérdida, señor Marchesi. —Puente le habla con calma, la situación es delicada—. Su hijo no estaba acusado de nada, solo le hicimos unas preguntas.

Es cierto que Nicolás no estaba acusado de nada, todavía. Pero hay hilo del que tirar y Marchesi puede ayudarnos a desenmarañar la madeja. ¿Qué sabe de su hijo? ¿Conocía su relación con Poldo? ¿Sus problemas financieros? Por supuesto, con Nicolás de cuerpo presente, no es momento de indagar. Marchesi se encara con Puente:

—Hablaré con sus superiores, esto les va a costar la placa. ¿Me oye?

Los intentos de intimidación en el ejercicio de nuestro trabajo son habituales. En San Blas me han amenazado con lo mismo decenas de veces. Desde un yonqui en pleno síndrome de abstinencia a tenderos hartos de que atraquen su comercio una y otra vez. «Te voy a quitar la placa». Siempre es la misma historia. Va con el cargo. Pero Marchesi es un hombre poderoso y sus amenazas son más peligrosas. No puede hacer que nos expulsen del cuerpo, no hemos hecho nada para merecer ese castigo, pero si toca las teclas adecuadas pueden quitarnos el caso. Lo mejor sería dejarlo pasar, hacer como que no hemos oído nada. Sin embargo, su prepotencia me enerva, no lo puedo evitar. Su hijo acaba de suicidarse, debería estar hundido, no con el pecho henchido frente a un par de policías.

—¿Estaba al tanto de los gustos sexuales de su hijo? —le inquiero.

Por el rabillo del ojo veo a Puente ladear la cabeza. Es su manera de decirme que no es momento de retar al notario. Este me mira con odio. Es la primera vez en estos dos días que merezco su atención. Por un momento parece que me va a golpear. Me pongo alerta. Tenso el brazo.

—Ni se les ocurra echar mierda sobre la memoria de Nicolás. ¿Queda claro? ¡Váyanse de aquí! —Marchesi se gira hacia mí y hacia los agentes que le custodiaban—. ¡Váyanse todos!

—Nos iremos lo antes posible, señor. Cuando terminemos de hacer nuestro trabajo. —Puente no se arredra ante Marchesi, pero remarca la palabra señor. Quiere mostrarle respeto, dejarle claro que sabemos con quién estamos tratando.

Marchesi se marcha airado. Al otro lado de la pared, oímos a la secretaria tratando de calmarle. Puente me reprueba con la mirada. Los de la científica siguen haciendo fotos.

14

Puente sortea vehículos por la Castellana al volante de su Ford Escort. Llegamos tarde a nuestra cita con Matos.

—¿A qué ha venido el número con Marchesi? —me pregunta— ¿No habíamos quedado en que tú eras la poli buena y yo el malo?

—No podemos dejar que nos hable de esa manera.

—Su hijo se acaba de matar, Liébana...

Sé que lleva razón. No debo juzgar a la gente ni dejarme llevar por los impulsos. Anoche sentía compasión por Nicolás, hoy su padre me ha generado aversión. Mal. Soy policía, tengo que controlar mis sentimientos.

Me dejo mecer por los volantazos de Puente. Procuro ocupar la cabeza con el caso. ¿Qué habrá llevado a Nicolás a quitarse la vida? Vale que si estaba detrás de la muerte de Poldo nuestra visita de ayer le hiciera sentirse acorralado. Pero la nota de suicidio no es precisamente una confesión. Es, a la vez, una disculpa y un reproche dirigidos a su padre. «Siento no haber estado a la altura». No estar a la altura. No hacer lo que se espera de uno. Me resulta tan cercana esa sensación... Para Nicolás, no estar a la altura de lo que Marchesi, uno de los grandes notarios de Madrid, habría esperado de él sería, probablemente, trabajar de simple copista de la notaría en vez de haberse sacado la oposición. No estar a la altura de su padre sería, con total seguridad, acostarse con hombres. Pero matar a una persona tiene poco que ver con no sentirse a la altura. Nicolás tenía motivos para desear la muerte de Poldo, pero si se hubiera quitado la vida presa del remordimiento tras haberle asesinado, o tras haber encargado su asesinato, no le habría dedicado el suicidio a su padre. No estar a la altura, ahí está clave de su muerte. Poldo fue su amante, es muy posible que le extorsionara, los dos han muerto de forma violenta con solo tres días de diferencia, pero entre sus muertes hay una zona de oscuridad que no soy capaz de iluminar.

Puente cambia los volantazos por bocinazos cuando nos adentramos en las calles de Lavapiés. Una furgoneta de reparto, parada junto a un ultramarinos de la calle Magdalena, está provocando un atasco. Lavapiés es un pequeño barrio de calles estrechas y trazado intrincado, saturado de construcciones antiguas —muchas de ellas, corralas— al borde del colapso. Un pequeño pueblo en el centro de Madrid. Hace décadas era lo más castizo de la ciudad. Hoy, aunque conserva ese aroma, está poblado por más gente de fuera que por madrileños de origen. Emigrantes llegados de todas partes de España se asentaron aquí antes de que se construyeran en el extrarradio barriadas como la de San Blas. Cuando la furgoneta se pone en marcha, avanzamos apenas unos metros. Un grupo de personas nos entorpece de nuevo el paso.

—¿Qué pasa ahora? —Puente se asoma por la ventanilla. La muerte de Nicolás hace el caso más grande. Está impaciente por hablar con Matos.

En la esquina de Magdalena con Olivar, una cabra se mueve en lo alto de una escalera al son de la trompeta de su dueño. Una docena de peatones se arremolina en torno a ellos y ocupa parte de la calzada. El espectáculo de la cabra equilibrista es un clásico de las calles de Madrid. De pequeña lo veía muchas veces cuando me sacaban a pasear por la zona del Retiro. Puente vuelve a tocar el claxon con insistencia hasta que el trompetista termina de tocar y la concurrencia nos abre paso.

Aparcamos junto a un anticuario, a veinte metros de la escuela del señor Greco, un local con acceso directo a la calle. Un modesto cartel junto a la puerta lo anuncia como ACADEMIA DE ARTES ESCÉNICAS. Apenas hemos salido del coche cuando oímos un estruendo. Dos jóvenes salen en tropel de la escuela de teatro. Pelo cortado a cepillo, uno rubio, el otro moreno. Las manos de ambos cubiertas por guantes.

—¡Eh! —Puente les da el alto.

El rubio nos dedica una mirada antes de seguir corriendo. Tiene una ceja partida por una cicatriz. Vamos tras ellos, pero un tercero los está esperando al volante de un coche, motor en marcha. Es un Renault Fuego de color amarillo, con matrícula de Valencia, que acelera a toda velocidad, quemando rueda. No hay duda, son los tres que pegaron a Eli la madrugada del sábado al domingo. Seguramente, los asesinos de Poldo.

Nos volvemos al Ford de Puente a la carrera. La prioridad es detenerlos, ya hablaremos con Matos más tarde. Si sigue vivo. Mientras acelera hacia la plaza de Lavapiés, Puente enciende la sirena y agarra la radio del coche. Pide refuerzos y una ambulancia. El Renault Fuego tuerce de golpe hacia la calle Argumosa. Si consiguen salir de las calles angostas de Lavapiés nos será más difícil pararlos. En la curva, el coche de Puente derrapa y nos subimos a la acera. Pasamos a centímetros de una pareja de ancianos, que nos increpan. Cuando volvemos a la calzada, el Renault Fuego nos saca una buena ventaja. En la Ronda de Atocha Puente pisa a tope. Nos ponemos a tiro de piedra del Renault, que, en un giro brusco, invade los carriles de sentido contrario, esquiva a un autobús de la EMT y se mete en Embajadores. El autobús pierde el control y queda atravesado, bloqueando todos los carriles. Puente clava los frenos. Nos detenemos a un palmo de empotrarnos de frente con otro vehículo.

El Renault Fuego escapa.

—¡Mierda!

Puente, pura rabia, golpea el claxon una, dos, tres veces.

Los colores azul, rojo y ámbar de la luz estroboscópica rebotan en el cartel de la academia de teatro. Un par de sanitarios sacan del local una camilla con una persona intubada y la introducen en la ambulancia. Puente y yo llegamos de nuestra persecución fallida a tiempo de verla partir en dirección al hospital.

—Es el señor Abel Greco, propietario del negocio —nos informa un agente—. Está muy grave. Tiene varias puñaladas en el abdomen y un fuerte golpe en la cabeza.

Lo que nos espera dentro es aún peor. El local tiene dos salas. La primera, nada más entrar, hace las veces de aula. Tiene el suelo lleno de papeles y cajones desperdigados. Un par de barras de hierro manchadas en sangre descansan al fondo, bajo el dintel de la puerta que da acceso a la otra estancia, que custodia un suboficial. Puente le enseña la placa y entramos. Se trata de un pequeño cuartucho con una mesa de escritorio, patas arriba, y un ventanuco que da al patio interior. En el suelo hay algo más que papeles y desorden. También está el cuerpo de Matos. Gesto doliente, ojos cerrados y su propia sangre espesándose en un charco junto a su abdomen. Está muerto. Puñaladas por todo el tronco y varios golpes en la cabeza. Las mismas heridas que Greco, pero más certeras. Los policías que solicitó Puente por radio los han encontrado allí a los dos, uno junto a otro, Matos ya cadáver. En la pared hay escrita, con sangre, una frase: MUERTE A LOS MARICAS. De cada letra resbalan hilillos que aún no han llegado al suelo.

Puente le da una patada a la mesa. Está enfadado. Sale a la calle, quiere controlar su ira. Los tres del Renault Fuego se nos han adelantado unos pocos minutos. Si hubiéramos llegado a la hora, Matos probablemente seguiría vivo. Ayer me pidió protección, hoy está muerto. Me siento responsable y fracasada. Tengo ganas de llorar. Otra vez los sentimientos. No me lo puedo permitir. No en el escenario de un crimen y rodeada de colegas. Llegan los de la científica. Empiezan la liturgia. Fotos al cadáver, búsqueda de huellas. Me centro en el desorden del suelo en busca de algo que nos pueda servir. El caso, siempre el caso. Bajo el tablero del escritorio asoma un cuaderno con tapas de cuero. Es un dietario. En sus páginas hay anotaciones de ingresos y gastos de la escuela que se mezclan con apuntes de todo tipo. Listas de la compra. Citas literarias. Algún dibujo. Diría que pertenece a Greco. En la última página escrita hay un comentario turbador.

Le cagaron a Poldo. Nos pasamos la vida huyendo.

15

Por la tarde voy a la comisaría de San Blas. Morate me está esperando. Me echa en cara que lleve todo el día fuera. No sabe que en lo que llevo de día he visto dos muertos y un malherido. Ni lo sabe ni lo quiere saber.

—Te dije que te organizaras, Liébana. Ese caso te queda grande.

Me vuelve a cargar de trabajo. Me insiste a gritos en que arregle el asunto de Chino. Los vecinos han vuelto a llamar a comisaría para quejarse de los olores.

Le digo amén a todo y me encierro en el despacho. No tengo el cuerpo para ir a ver a Chino. Nicolás está muerto. Matos está muerto. Los tres del Renault Fuego se nos han escapado. Puente le ha pedido a Blasco que compruebe los datos de la matrícula y el resultado de la búsqueda no nos vale. El coche es de un señor de Benetúser, un pueblo del alfoz de Valencia. Denunció el robo hace un mes. Por ahí no vamos a encontrar nada.

El desorden de la escuela de Greco indica que los asesinos buscaban algo. El paquete que se llevaron de casa de Matos la madrugada del sábado al domingo no colmó sus expectativas. Necesitaban algo más. Tal vez tengan que proseguir con su búsqueda y, con ella, ampliar el rastro de cadáveres.

Una idea empieza a anidar en mi mente. Es posible que Puente estuviera en lo cierto. Quizá Matos se guardaba algo. Quizá podría haberle sacado más información cuando se presentó ayer en la comisaría. Algo que hubiera evitado su muerte. Él se esforzó en venir a la comisaría, estaba asustado y exánime, no parecía tener fuerzas para ocultar nada. Y, sin embargo, puede que lo hiciera. Ya nunca lo sabré. O sí, si Greco sobrevive. Su testimonio nos puede ayudar mucho. Que nos cuente alguna información que no fui capaz de sacarle a Matos. «Le cagaron a Poldo. Nos pasamos la vida huyendo», escribió en su dietario. Los que *cagaron* a Poldo son los mismos que les han *cagado* a él y a Matos. ¿De qué huida habla Greco? ¿Por qué se incluye en ella? Después de la muerte de Poldo no huyó a ninguna parte, siguió con sus clases en la escuela. Tenemos muchas preguntas que hacerle. Llamo al Hospital Gregorio Marañón. Le están operando a vida o muerte. Una de las puñaladas le ha dañado el hígado.

Saco mi cuaderno. Todo lo que apunto son interrogantes. Otra pintada contra *los maricas* escrita con sangre. En la muerte de Poldo pensé que los tres del Renault Fuego jugaban al despiste. Ahora dudo si de verdad reivindican su odio a los homosexuales. Me siento perdida.

Cuando me doy cuenta es casi de noche. Salgo de comisaría con la cabeza en el caso. Conduzco hacia la colonia. Aparco con la mente embotada. Podría encerrarme en el sótano y seguir dándole vueltas. Tal vez me convenga dar un paseo antes de entrar en casa y oxigenar el cerebro. Mi nueva realidad familiar decide por mí lo que hago a continuación.

—¡Mamá!

Al salir del coche, oigo la voz de Lucía. Está apostada en la ventana de la casa de los padres de Asun, la vecina que la cuida de vez en cuando. Al parecer, mi madre le pidió anoche su juego de llaves y esta tarde se ha olvidado de ir a buscarla al colegio. Lucía se ha tenido que volver sola a casa y, al ver que nadie le abría, se ha quedado esperando en la puerta a que llegara alguien. Los padres de Asun la han visto y la han invitado a esperar dentro. Les doy las gracias y me la llevo. Lucía está decepcionada. Su abuela le había prometido llevarla de compras. Se encierra en su cuarto; no tiene ganas de hablar. Me guardo las ganas de contarle que, con su abuela, el estado normal de las cosas es el desencanto. ¿Cuántas veces me hizo sentir como se siente ahora Lucía cuando era pequeña? Nunca podía contar con ella. Era de lo más habitual que se olvidara de mis compromisos, de llevarme a las casas de mis amigas cuando me invitaban a merendar y, en fin, de todo lo que es importante para una niña. Recuerdo una vez, tendría yo unos seis o siete años, en que las niñas de la clase teníamos que disfrazarnos con motivo de las fiestas del colegio. La noche antes, cuando se lo recordé, fingió a duras penas que no se había olvidado de ocuparse del disfraz. Cogió una vieja pistola de juguete de mis hermanos y me dijo que con eso bastaba. Iría de agente secreto, no necesitaba más. Entonces, como ahora Lucía, me encerré en mi cuarto. Y al día siguiente fingí estar enferma para no ir al colegio. A los pocos días, movida por la culpa o solo para congraciarse conmigo, qué sé yo, me prometió llevarme el sábado siguiente a la Casa de Fieras del Retiro, que era donde entonces podían verse animales salvajes en Madrid, antes de que se los llevasen todos al zoo de la Casa de Campo. Me encantaba la Casa de Fieras, sobre todo dar de comer a los hipopótamos y a un elefante enorme llamado Perico, que te cogía los cacahuetes de la palma de la mano. Pero el sábado llegó y, con él, una nueva decepción. Mi madre se despertó indispuesta y se quedó en la cama hasta bien entrada la tarde, a oscuras, con un «terrible dolor de cabeza». Recuerdo bien esas palabras. «Vuestra madre tiene un terrible dolor de cabeza». Nos lo decía mi padre con cierta frecuencia. Con el tiempo me acostumbré al desencanto. Con el tiempo también empecé a sospechar que la causa de sus jaquecas matutinas tenía que ver con su gusto por el whisky después de las cenas.

Pasadas las diez llega mi madre, sonrisa en la boca, voz ligeramente empastada. Ha bebido, por supuesto.

—He encontrado un ático estupendo en la plaza de Olavide —me informa—. Es más pequeño que la casa de ahora, pero suficiente para mí.

La diferencia de precio entre un piso y otro le dejará una buena suma que pulirse los próximos meses. Lleva años repitiendo la misma operación. Comprar pisos más baratos que los que vende para tener un extra de liquidez.

—Habías quedado en que pasabas a recoger a Lucía. No vuelvas a dejarla plantada. No hagas con ella como hacías conmigo. ¿Me has oído?

—No te pongas melodramática, Matilde.

Mi madre siempre ha tenido dificultad para aceptar sus faltas, pero no para afearnos a los demás que la pongamos frente al espejo.

—Si le prometes algo, tienes que cumplirlo —insisto.

—Las gestiones se han alargado más de la cuenta. No se paga una señal para un piso así como así.

Mañana tampoco podrá ir con Lucía de compras. Tiene que ir al banco y hablar con su gestor. Lo dejarán para el fin de semana.

Toca con los nudillos en la puerta de mi hija, que la deja pasar. Al poco las oigo charlar y reír. Mi madre se la sabe ganar, conmigo le costaba más. Al rato, Lucía está como si nada hubiera pasado. Tiene ganas de abuela. Y yo de que mi madre se vaya de casa lo antes posible.

16

Dedico buena parte del viernes a dejarme ver por la comisaría de San Blas. Necesito aplacar al comisario Morate. Trabajo con Romo en algunos casos pequeños. Está contento de tenerme a su lado. Me propone vernos esa noche, su mujer tiene guardia en el hospital. Rechazo la invitación, tengo demasiados frentes abiertos.

—No tienes la culpa de que Matos esté muerto —me intenta reconfortar—. No hagas caso a Puente.

En realidad, la que se culpa de la muerte de Matos soy yo. Puente solo pone en duda mi pericia en la toma de declaraciones.

—Ese tío es un gilipollas, hazme caso —concluye Romo.

El señor Greco ha resistido la operación, pero los golpes que le propinaron en la cabeza le han provocado un hematoma que le mantiene en coma. En la prensa se han hecho eco del crimen en la escuela de Lavapiés. Esta vez no ocupa portadas, solo algún breve de las secciones de sucesos. Sin fotografía que la ilustre, la noticia no tiene tanto interés. Puente puso atención en que los compañeros no dejaran pasar a la prensa ni dijeran nada de la pintada.

Fue más diligente que yo en el escenario del crimen de Poldo.

Me llevo a Romo a casa de Chino; tenemos que zanjar el asunto de los olores antes de que Morate nos meta un puro. Chino nos abre la puerta a la primera. Ha recogido la casa, pero el hedor se mantiene.

—Es por la nevera, jefa —me dice, lastimero—. Por mucho que la limpie sigue oliendo mal.

—Pues tírala. Está estropeada, ¿para qué la quieres?

—Un chatarrero me da cien duros por ella.

Le pido a Romo que le ayude a bajarla a la calle. A la intemperie, al menos el olor se disipará un poco. Pero Chino me suplica dejarla en casa. El chatarrero no puede venir a recogerla hasta pasado el fin de semana. Si la deja en la calle, me dice, seguro que se la roban.

Con quinientas pesetas no le da ni para una dosis, pero todo dinero es poco para un yonqui. Me apiado de él. Y más aún de su madre. Se ha quedado sin televisor y sin frigorífico. Más le vale volver pronto del pueblo si no quiere encontrarse la casa vacía. Le doy de plazo hasta el lunes para que el olor desaparezca.

Por la tarde dejo San Blas y voy a ver a Noelia, la mujer de Nicolás. Puente irá a ver al notario. Nos hemos dividido así. Trata de evitar que Marchesi cruce de nuevo su mirada con la mía. El notario no me traga; mejor tenerlo contento si queremos que colabore, me dice. Noelia me abre la puerta de su casa, la misma que nos abrió su marido a Puente y a mí hace apenas cuarenta y ocho horas. Es menuda y se mueve con lentitud, frágil, como si estuviera a punto de romperse a cada paso. El suicidio de Nicolás le ha pasado por encima como un camión de diez toneladas. Le doy las gracias por recibirme. No tiene mucho tiempo, el cuerpo de su marido saldrá en breve del Anatómico Forense camino del tanatorio, y tiene que ir velarlo. Me conduce al salón. No se oye un solo ruido. Está sola en casa; sus hijos han quedado a cargo de sus padres.

Nos sentamos en dos butacones enfrentados, separados por una mesita de mármol sostenida por estrechas patas de madera labrada. Me relata sus últimas horas con Nicolás. Habla muy bajo; tengo que aguzar el oído en cada frase. Me dice que sintió su marcha en mitad de la noche.

—Oí cerrarse la puerta de la habitación y luego la de la calle. Miré el reloj y eran más de las cinco.

—¿Y no le pareció extraño? Hasta pasadas las ocho y media no llamó a la notaría preguntando por él.

—No le di importancia —me responde en un susurro—, Nicolás dormía mal. Salía a dar paseos por la noche. Desde que nos conocimos tenía esa costumbre. Cuando sonó el despertador y vi que no había vuelto, empecé a preocuparme.

Cuanto más sé de Nicolás, más parecidos le saco conmigo. A la extracción social y la desaprobación familiar añado ahora los problemas de insomnio. Me pregunto cuántos de esos paseos nocturnos acabarían, durante todos sus años de matrimonio, con un intercambio de billetes por caricias en un callejón oscuro. O en una sauna, como en la que conoció a Matos. Me pregunto si la madrugada que mataron a Poldo Nicolás también salió a pasear.

—¿Su marido y usted pasaron juntos la noche del sábado al domingo?

La pregunta descoloca a Noelia.

—¿Por qué lo pregunta?

—Podría tener relación con un caso —no le especifico más.

No quiero hablarle de Poldo. Me comprometí con Nicolás a no desvelar su secreto a su mujer. Ahora que la tengo delante, percibo en su mirada, a la vez triste y tierna, como la de una niña desamparada, que no sabe nada. Según cómo prosiga la investigación puede que no quede más remedio que revelarle la orientación sexual de su difunto marido, pero, de momento, no veo motivo para incumplir mi promesa.

—¿Con un caso policial? ¿Nicolás? —me pregunta, sorprendida.

—Mi trabajo es contemplar todas las hipótesis posibles.

Noelia hace memoria.

—Dormimos juntos toda la noche.

Le pregunto por el estado de las cuentas de su marido. Noelia está al corriente de su exiguo saldo. Nicolás le contó que había hecho una mala inversión en bolsa, que le habían asesorado mal. Pero le dijo que recuperaría el dinero. Noelia habla con candidez. Realmente cree las explicaciones que le dio su marido. Habla de él con devoción. Por más que lo piensa, me dice, no es capaz de explicarse por qué se ha quitado la vida. No tenía motivos.

Le hablo de la nota que dejó Nicolás sobre el escritorio de su padre.

«Siento no estar a la altura».

No sabe nada. Nadie ha tenido la deferencia de contarle que su marido escribió unas palabras antes de suicidarse. Se sume en el silencio. Está desconcertada. Le pregunto por la relación de Nicolás con Marchesi. Cuando recobra las fuerzas, me confirma en un suspiro que el trato entre padre e hijo no era fácil. Esa sensación me había dado en nuestra conversación en el VIPS. Nicolás se puso a la defensiva cuando le preguntamos por él.

—A su lado se sentía anulado. Creo que le tenía miedo. Mi suegro es una persona muy estricta, de pequeño le pegaba.

Nicolás tenía planes para distanciarse de Marchesi, me dice. Quería dejar la notaría y montar un despacho de abogados por su cuenta. Llevaba años con esa idea en la cabeza, pero su mala inversión en bolsa le había llevado a aplazar su marcha. Montar un bufete cuesta dinero. Ella le pensaba ayudar. Era parte del plan. Estaba dispuesta a trabajar de secretaria para él, o a colegiarse si fuera necesario. Noelia también es licenciada en Derecho, aunque no ha trabajado nunca. Tal vez tenga que empezar ahora. Se ha quedado viuda, con dos hijos a cargo. Le pregunto si habían discutido últimamente Nicolás y Marchesi. Me dice que no más de lo habitual. Me invita a levantarme. Es hora de ir al tanatorio.

—Solo una pregunta más. Al parecer su marido había tenido un accidente doméstico...

—Se cayó en la ducha.

—¿Se acuerda de qué día?

Noelia vuelve a hacer memoria.

—El domingo. Me acuerdo, sí, fue antes de ir a misa. Le dejé duchándose y salí con los niños un rato al parque. Cuando volví para ir juntos a la iglesia se estaba poniendo hielo en el ojo. ¿Tiene eso alguna importancia?

Le digo que no, pero temo que tal vez sí. Nicolás no se cayó en la ducha, alguien le pegó. Horas después de la muerte de Poldo y, seguramente, en su propia vivienda. No tuvo mucho tiempo para salir, recibir un golpe y volver a casa antes de que su mujer regresase con los niños. ¿Le harían una visita los tres del Renault Fuego? ¿O quizá el propio Marchesi? Nicolás tenía dañado el pómulo derecho, lo que encaja con un puñetazo propinado por una persona zurda. Y Marchesi lo es. Tal vez no le levantara la mano solo cuando era pequeño. Doy de nuevo las gracias a Noelia y me voy.

17

Oigo ruido en la cocina. Me llega olor a pan quemado. Abro los ojos. Los halos de luz que atraviesan las lamas de la persiana impactan nítidos en la pared de mi habitación. Miro el despertador. Las nueve y cuarto. Algunos sábados dejo que se me peguen las sábanas cuando, al fin, después de una noche de insomnio, consigo dormir un poco. Anoche mi hija, mi madre y yo estuvimos viendo en la televisión el *Un, dos, tres...* Acabó a la una de la mañana, pero Lucía quiso verlo hasta el final. El programa despedía a Ruperta, su mascota con forma de calabaza, y presentaba a su sustituta, Botilde, una bota ajada con voz de anciana y gafas. Luego estuve leyendo en la habitación, tardé dos o tres horas más en conciliar el sueño. Lucía sabe que, si se levanta de la cama antes que yo los fines de semana, debe tener cuidado de no hacer ruido y así no despertarme. Pero en mi casa ahora hay alguien más, con sus propios problemas de sueño, y los míos la traen al pairo.

En la cocina, mi madre calienta leche en un cazo mientras fuma su cuarto Piper mentolado de la mañana, a juzgar por las tres colillas del cenicero. Lucía está sentada a la mesa, esperando a que su abuela le sirva algo caliente donde mojar las galletas maría. Aún no han empezado a desayunar y todo está lleno de trastos. Cada vez que afronta alguna tarea del hogar, mi madre se empeña en demostrar que no es lo suyo. En el fregadero humea una sartén con tres trozos de pan duro carbonizado que no se ha molestado en tirar a la basura. Ha intentado tostarlos, como hacía cada mañana Antonia, la chica que trabajaba en casa de mis padres cuando yo era pequeña. Entonces no había tostadoras, al menos en la casa de los Liébana Ochoa. Mi madre me recibe con un gruñido. Es su manera habitual de dar los buenos días; ya casi lo había olvidado. Siempre ha tenido un despertar difícil.

—¿Dónde tienes el café, hija? En esta casa no hay quien encuentre nada.

Saco la cafetera y la tostadora del armario, y le digo que se siente, mejor me ocupo yo. A los diez minutos estamos las tres desayunando. La segunda taza de café solo y su sexto cigarro ponen a tono a mi madre. Apremia a Lucía a vestirse. Se la va a llevar a la calle Serrano, a comprarse un vestido para la comunión. Luego irán a comer a Horcher, un restaurante de alto copete de la calle Alfonso XII. Quiere celebrar con ella la compra del ático. Se van a pasar el día juntas. Mientras las dos se arreglan, les llamo un taxi y limpio los cacharros del desayuno. Las despido en la puerta con una mirada de advertencia a mi madre. He estado tentada de pedirle a Asun que las acompañase, no me gusta dejar a Lucía sola en manos de su abuela, pero he decidido no hacerlo. Mi madre se lo tomaría como una afrenta y no quiero quedar como la mala delante de mi hija.

En el buzón de la entrada asoma el periódico. Despliego las páginas interiores en busca de la sección de necrológicas.

Una esquela me confirma lo que me dijo anoche Puente por teléfono, después de reunirse con el notario. El entierro de Nicolás Marchesi tendrá lugar a las doce de esta misma mañana en el Cementerio Sacramental de San Justo. Pese a que la familia ruega celebrarlo en la más estricta intimidad, se estima que acudan amigos y allegados. El apellido Marchesi es demasiado relevante como para dejar pasar la oportunidad de dar consuelo al señor notario. Para mí, asistir al entierro es una oportunidad de dar con algo interesante. Necesito vincular las muertes de Poldo y Matos con la de Nicolás. Nadie de la familia me espera allí, por supuesto, mi idea es asomarme sin que me vean, sobre todo Marchesi. Tengo muy presentes sus amenazas cuando le hablé de la condición sexual de su hijo. En su reunión de ayer con Puente, aseguró no saber nada del vaciado de la cuenta bancaria. Pero tampoco le extrañó. Según dijo, Nicolás tenía un carácter débil y se dejaba engañar con facilidad. Por eso le tenía trabajando en la notaría, para que estuviera protegido, bajo su control. Le aseguró a Puente que su hijo no era maricón. Admitió que había tenido algún pecado de juventud, pero, afirmó, ya se había corregido. Él se había ocupado personalmente de que así fuera. Había pagado una fortuna por una terapia de electroshocks que ofrecía un conocido psiquiatra y que curaba, sin margen de error, la perversión de la homosexualidad. Para Marchesi, la mayor prueba del éxito de la terapia fue el matrimonio con Noelia. Se negaba a aceptar que Nicolás siguiera viéndose con hombres y le exigió a Puente que dejara de propagar mentiras sobre su hijo.

Aparco junto al cementerio de San Justo en el momento en que dan las primeras notas del Ángelus por la radio del coche. Hace calor. Subir la cuesta de acceso al camposanto me empapa en sudor. Atravieso varios patios repletos de tumbas y mausoleos del siglo pasado y de principios de este, rodeados de filas de nichos de hasta cuatro alturas. Apenas me cruzo con un par de personas que limpian y cambian las flores de la tumba de algún ser querido. Paso al lado del Panteón de Hombres Ilustres, donde está enterrado, entre otros, Mariano José de Larra, el famoso escritor y periodista que se pegó un tiro en la sien hace casi un siglo y medio. Según mi libro de bachillerato, lo hizo desesperado por la situación de atraso de la patria. De estar vivo, tal vez hoy volvería a hacer lo mismo. Los últimos ciento cincuenta años de la historia de España no han sido ejemplares. La tumba de Larra me hace pensar por segunda vez en el día en Antonia, la chica que trabajaba en casa de mis padres. Hará unos veinte años su padre también se pegó un tiro, pero en su caso no fue por la patria, sino por pena, después de quedarse viudo. En teoría, los suicidas no se pueden enterrar en sagrado, y el cura del pueblo de Antonia, creo que era de Murcia, se negó a que la familia sepultara al padre en el camposanto del lugar, donde la tierra sobre la tumba de la madre aún estaba fresca. Recuerdo sus llantos mientras nos lo contaba en casa. Pidió ayuda a mi padre, le suplicó que mandara una carta al cura con la esperanza de que su condición de juez le hiciera entrar en razón. Pero fue en balde, mi padre no quiso inmiscuirse en una jurisdicción que no era la suya. «La justicia de los hombres puede menos que la de Dios», eso le dijo. Al final, tuvieron que inhumarlo en un corral cercano al cementerio destinado a los herejes, los excomulgados y los suicidas, tan escaso en lápidas como repleto de hierbajos y, sobre todo, de oprobio. En los últimos tiempos solo los curas más rigoristas, como el del pueblo de Antonia, se han mantenido implacables con los que morían de espaldas a Dios. Con Larra, sin embargo, se hizo la vista gorda. Con Nicolás Marchesi, el más estricto de los sacerdotes también la habría hecho, no me cabe duda. Dicen que la muerte nos iguala, pero la fama y el apellido nos diferencian para toda la eternidad.

Tras diez minutos paseando entre tumbas llego a mi destino: el patio de San Millán, uno de los más grandes de todo el cementerio. A lo lejos veo un grupo de cuarenta o cincuenta personas alrededor de una tumba junto a la que descansa un ataúd. Un sacerdote reza un responso. En el centro de todos se distingue la figura de Marchesi, con traje y corbata negros, gafas oscuras, del brazo de la que parece ser su mujer, una señora entrada en carnes, vestida entera de negro. Me oculto tras un mausoleo, coronado por una estatua de un ángel a la que le falta la cabeza. Por todo el cementerio, en las lápidas y figuras de piedra, hay pequeños destrozos y agujeros de bala, añosos y gastados. Son huellas de la Guerra Civil que nadie se ha molestado en reparar después de casi cincuenta años. El cementerio de San Justo, pared con pared con el de San Isidro, fue primera línea de combate en la toma de Madrid. A unos metros de Marchesi llora en silencio Noelia. Se la ve tan pequeña y liviana que da la sensación de que la cálida brisa de mayo podría llevársela en cualquier momento. Solo sus dos hijos, rubios y repeinados, vestidos de luto y pegados a sus faldas, parecen mantenerla sujeta a la tierra. Junto a la familia distingo a un par de afamados constructores, algún militar de alto rango y otras personas de la alta sociedad madrileña. Ninguno está allí por Nicolás, todos han ido a rendir honores a su padre. En un extremo del grupo reconozco una figura de espaldas que me resulta familiar. No puede ser.

Una voz detrás de mí me sobresalta.

—Señora, circule, por favor.

Es Ramiro, el escolta de mi padre, que me mira aún más sorprendido que yo.

—¿Matilde?

Vuelvo la mirada al entierro. El cura ha terminado su responso. La figura de espaldas emerge entre el grupo, se acerca a Marchesi y le dedica unas palabras de ánimo. Es mi padre.

18

—Eres la última persona que esperaba encontrarme en el entierro, hija.

—Lo mismo digo.

Mi padre y yo nos damos un paseo por la pradera de San Isidro, que está a pocos metros del cementerio. Ramiro nos sigue discretamente, a unos veinte pasos. Gracias a él he conseguido advertirle de mi presencia sin que Marchesi me viera.

—Fuimos compañeros en la facultad —mi padre responde a mis preguntas sobre su relación con Marchesi, de la que yo no tenía noticia—. Desde entonces apenas he tenido contacto con él. Esta mañana he visto la esquela en el periódico y pensé que necesitaría apoyo. Pobre chico...

—¿Conocías a Nicolás?

—Le vi una vez. Su padre me pidió que le echara una mano... —Hace una parada para secarse el sudor de la frente con un pañuelo. El sol cae a plomo—. ¿En serio estaba relacionado con la muerte del hombre ese del cine?

—Eso trato de averiguar. ¿Qué ayuda te pidió Marchesi?

—Poca cosa. Que le sacara de un pequeño apuro.

—¿Qué tipo de apuro?

Mi padre me mira con extrañeza. Supongo que está más acostumbrado a hacer preguntas que a responderlas.

—Parece que me estás interrogando, hija.

—Eres juez, papá, sabes lo importante que es recabar toda la información posible.

—Lo que me sorprende es que hablar del pobre hijo de Marchesi te ayude en algo. ¿Le conocías? Era incapaz de hacer daño a nadie, salvo a sí mismo.

—Papá, por favor, contesta a mi pregunta.

Mi padre se detiene bajo la sombra de un árbol. El calor aprieta aún más que hace un rato. Antes de lanzarse a hablar suelta un largo suspiro.

—Cuando apenas era un chaval tuvo problemas con la justicia. Marchesi me llamó para que moviera hilos. Sabes que no me gusta hacer ese tipo de favores, pero después de conocer al chico supe que lo mejor que le podría pasar era salir indemne de todo aquello. Tenía una naturaleza débil, era muy influenciable. Llamé al juez de instrucción para que levantara la mano todo lo posible.

Cuando empecé a ejercer la abogacía, mucho antes de hacerme policía, mi padre me confesó que se creía con el don de la clarividencia. Después de décadas en el ejercicio de la judicatura, se sentía capaz de detectar si un reo era culpable o no solo con ver su actitud al entrar en la sala del juzgado. Por supuesto, atendía a las pruebas y a los argumentos de la defensa, estudiaba el caso en profundidad por si su primera impresión era equivocada, pero nunca, según él, había errado. Acusado que adivinaba culpable al empezar el juicio, acusado que terminaba con su sentencia condenatoria. Yo se lo afeé. Estaba recién salida de la universidad y creía que la presunción de inocencia era sagrada. Después de representar a delincuentes como abogada y, sobre todo, de perseguirlos como policía, también me siento proclive a prejuzgar, aunque el pudor aún no me deja expresarlo en voz alta. Sé que eso no me hace mejor policía ni a él mejor juez. Pero que mi padre, el gran magistrado Luis Liébana Herguedas, ejemplo de toda la carrera judicial, hubiese animado a un juez de instrucción a hacer la vista gorda me provoca estupor. Eso no es clarividencia, es algo así como incitar a la prevaricación. La sorpresa debe dibujarse en mi cara, porque, antes de que pueda preguntarle, me contesta:

—Tan importante es conocer la ley como saber aplicarla, hija. Nicolás había obrado mal, pero la cárcel no le iba a hacer ningún bien.

—¿Por qué se le juzgaba?

Me aventuraría a decir la razón, pero necesito oírlo en boca de mi padre.

—Por la Ley de Peligrosidad Social.

Bingo.

—O sea, por homosexual.

Mi padre asiente.

—Le sorprendieron con un chico en plena calle. Por lo visto, no era la primera vez. El juez me hizo caso y la instrucción se fue diluyendo. Al final no se celebró el juicio. No tuvo que pagar ni la multa.

—Y el apellido quedó limpio.

—Marchesi sufría mucho por su hijo, te lo puedo asegurar.

—Le frio el cerebro a base de electroshocks. Pero no le sirvió de nada. Nicolás no dejó nunca de ser homosexual.

De no haber sido por la intervención de mi padre, el juicio se habría celebrado y Nicolás tal vez habría acabado una temporada entre rejas. Su nombre habría aparecido en algún listado de población reclusa homosexual como el que me enseñó Puente. El apellido Marchesi habría quedado por los suelos, pero Nicolás tal vez hoy estaría vivo. Sus inclinaciones sexuales serían conocidas por mucha más gente, quizá no se habría casado con Noelia, tal vez no hubiera llegado a conocer a Poldo. Su vida habría sido otra.

Proseguimos con el paseo. Mi padre se agarra a mi brazo, como hacía yo con él cuando era pequeña. Se acabó hablar de trabajo. Quiere disfrutar de mi compañía.

—¿Qué tal con tu madre en casa?

—Podría ser peor.

—Con tu madre lo peor siempre llega. Espero que no sea en la comunión. He llamado al Club de Campo para que no sirvan vino.

Una cuestión me ronda la cabeza.

—¿Te puedo hacer una pregunta? Es sobre mamá. ¿Por qué os separasteis?

Me mira, perplejo.

—¿A qué viene eso ahora?

—Me da la sensación de que me he perdido algo.

—¿Qué te ha contado esta vez? Tu madre tiene mucha inventiva.

—Desde luego... Dice que querías meterla en la cárcel. Y que el que arruinó mi comunión fuiste tú.

—Tú estabas allí. Viste lo que pasó.

—Sí, ya. La borrachera y el numerito con tu alumno. Lo que nunca he sabido es por qué se fue de casa unos días después.

—Después de tantos años deberías saber que tu madre no necesita razones para hacer las cosas. Simplemente decidió irse y se fue.

Mi padre hace un gesto a Ramiro, el escolta.

—El martes comemos en La Ancha, ¿te parece?

La Ancha es un restaurante de la calle Príncipe de Vergara. Ponen unos daditos de merluza con chipirones impresionantes.

—Perfecto.

—Si me disculpas, me tengo que ir. Tengo que redactar un par de sentencias.

Le doy un beso y lo veo marchar. Le he incomodado con tanta pregunta. Me temo que más con las que tenían que ver con mi madre que con las de Marchesi. Nunca le ha gustado hablar de aquellos años.

19

Cojo el coche. El paseo por la pradera de San Isidro me ha abierto el apetito. Camino de vuelta a casa, paro en el Docamar, un bar de barrio de la zona obrera de la calle Alcalá, junto a la plaza de Quintana. Pese a estar lejos del centro, el Doca —así lo llaman los asiduos— es un establecimiento bastante conocido en toda la ciudad. Sirven unas patatas bravas riquísimas con una salsa secreta cuyos ingredientes nadie conoce, salvo la familia que abrió el negocio, hará un par de décadas. Encuentro un hueco en la barra. Los sábados todavía se puede. Los domingos se instala en la plaza de Quintana un mercado de intercambio y compraventa de cromos y el Doca se pone imposible. Centenares de padres se atiborran a bravas y cañas mientras sus hijos intentan completar sus colecciones de fútbol y de personajes de dibujos animados. Al poco de llegar a la colonia, que está a unos veinte minutos andando de aquí, vine con mi hija. Se quedó a dos cromos de completar su álbum de *E.T.*

Cuando llevo media ración, un cliente mayor se acerca a la barra. Se sienta a mi lado con dificultad, con la ayuda de su bastón. Lleva bajo el brazo una revista en la que asoman imágenes siniestras. Imágenes que ya he visto antes.

—Perdone, ¿me permite? —le pregunto señalándole la revista.

—¿Está usted bien? Parece que ha visto un muerto.

No es un muerto lo que he visto, sino dos. Le agarro la revista sin esperar su permiso. Se trata de *El Caso*, el semanario de sucesos. Los retratos de Poldo y Matos aparecen bajo las fotografías de las pintadas CHAO MARICÓN y MUERTE A LOS MARICAS, las que sus asesinos escribieron con su propia sangre en el cine Simancas y en la escuela de Lavapiés. Pese a los desvelos de Puente, la prensa ha podido fotografiar el escenario del crimen de Matos. Ver las dos pintadas juntas multiplica su carácter macabro. El pie de la portada está copado por un titular en grandes letras rojas: OLA DE CRÍMENES A HOMOSEXUALES.

—Que digo yo que, por muy maricas que fueran, eso no se le puede hacer a nadie. —El dueño de la revista reclama mi atención—: ¿No cree, señorita?

Pero toda mi atención está en la revista. En páginas interiores muestran algún retrato más de Poldo y una fotografía de su habitación en la casa de su madre. El periodista firmante del reportaje ha hablado con ella. Recoge su testimonio, el de varios chicos de Chueca y también el de «una fuente de la policía». Lo leo todo en diagonal. El texto habla de la amistad entre Poldo y Matos, a los que se refiere como chaperos. Elucubra con el motivo de los asesinatos. Apunta como posibles culpables a un compañero «de los bajos fondos» o a algún cliente desencantado. Puras especulaciones sin sustento. En *El Caso* van por detrás, muy por detrás de nosotros.

—Si no le importa, me gustaría leerlo a mí primero, que para eso lo he comprado. —El señor del bastón ya no reclama mi atención, sino lo que es suyo.

Le devuelvo la revista.

—Pídase lo que quiera, yo invito.

Pongo un par de billetes en la barra y salgo a toda prisa. Llamo por teléfono a Servicios Centrales desde la cabina que hay en la plaza. Un agente me informa de que es sábado y Puente no está de servicio. Me cuesta dos minutos convencerle de que me dé su teléfono personal. Le llamo a casa.

—¿Dígame?

—Puente, soy Liébana. ¿Has visto *El Caso*?

—La madre que les parió. Como coja al agente que les ha dado la foto de Lavapiés le corto los huevos.

El Caso es la revista más leída de España. Ha puesto la investigación en el foco. Un obstáculo para hacer nuestro trabajo.

—Pensaba que me llamabas por lo de Greco —prosigue Puente.

—¿Qué ha pasado?

—No ha superado el coma. Ha fallecido esta mañana. Han dado el aviso hace un rato.

La peor de las noticias. Cuatro muertos relacionados con el caso en poco más de una semana. Uno ahorcado y el resto asesinados por los tres del Renault Fuego. Greco era el único testigo que los había visto de cerca. También era el único que podía darnos algo de luz sobre si Matos tenía más información de la que me había dado a mí. Seguimos en el mismo punto de la investigación y ahora con la atención mediática encima.

—El lunes le hacen la autopsia a Matos —me informa Puente—. ¿Te vienes?

Declino la oferta. Con la visita al Anatómico Forense de hace unos días tuve bastante.

Al caer la tarde me voy a Chueca. Después de hablar con Puente, he estado encerrada en el sótano de casa revisando mi cuaderno. La muerte de Greco me ha dejado tocada. Siento que algo se me escapa. Si no fui capaz de sacarle a Matos toda la información de la que disponía, tal vez me pasó lo mismo en mi visita a las zonas de prostitución. Los asesinos estuvieron allí. Quiero volver a pisar esas calles, mirarlas de otra manera, buscar nuevos testigos.

Me encuentro desierta la manzana comprendida entre las calles Almirante y Prim. El miedo que percibí en mi visita de hace unos días ha ido a más. No hay ni chaperos apostados en las esquinas ni se ven coches de potenciales clientes merodeando. Me temo que el reportaje de *El Caso* ha arruinado el negocio por un tiempo.

Me acerco al Argüelles, la tasca de la calle Libertad donde invité a Eli a tres dobles y una ración de callos. Es la única persona que conozco que sabe de Poldo y de Matos y que aún vive. O, al menos, eso creo. Hablo con el dueño. Se hace el remolón; no le gusta contestar preguntas. Menos aún le gusta que la clientela le vea hablar con la policía. Insisto hasta que me da las señas de una pensión de la calle Noviciado, en Malasaña. Por lo visto, algunos chaperos de la zona a veces duermen allí. No está lejos, a quince minutos andando.

Con el dueño de la pensión no me va mejor que con el encargado del bar. Es muy celoso de la intimidad de sus clientes. O, mejor dicho, de lo que puedan estar haciendo en las habitaciones. No quiere líos. Tengo que tirar de placa para que me enseñe el registro de hospedados. Ahí está el nombre de Elías Carvajal. Eli para los amigos.

—Dígale que me pague los días que me debe o esta noche duerme al raso —me advierte el dueño.

Llamo a la puerta de la habitación. No se oye nada. Antes de volver a tocar con los nudillos, Eli abre de golpe, nervioso, con un pequeño cuchillo mondador en la mano. Le retuerzo el brazo y le reduzco contra la pared. Suelta el cuchillo, que cae al suelo. Lo aparto de una patada.

—¿Se puede saber qué haces?

—No sabía que era usted. Me ha asustado.

Percibo su mal aliento. Es el olor del hambre. Lleva tiempo sin probar bocado. Es posible que desde que nos vimos. Y de eso ha pasado casi una semana. El ojo lo tiene mejor. Echo una mirada a la habitación: un cubículo oscuro y sucio sin más mobiliario que una cama, una silla y una pequeña mesa plegable anclada a la pared. Parece la celda de una prisión. Aparte del cuchillo, ahora debajo de la cama, no parece haber ningún otro objeto que pueda suponer un peligro.

—Te voy a soltar. Pórtate bien o te llevo detenido. ¿Está claro?

Eli asiente. Le indico que se siente en la silla y cierro la puerta. Me mantengo de pie, así controlo mejor el espacio.

—Menudo recibimiento. ¿Esperas a alguien peligroso? —le pregunto.

—Todos los maricas estamos en peligro. ¿No ha leído la prensa?

Me siento culpable de su miedo. Si hubiera sido más incisiva con Matos, tal vez habría un par de cadáveres menos en el caso y los chaperos como Eli se sentirían seguros en la calle.

Le muestro una foto de Nicolás.

—¿Conoces a este hombre?

Eli niega.

—Piensa bien —insisto.

—¿Lo tengo que conocer?

—Poldo y Matos lo conocían.

—Y ahora los dos están muertos.

—¿Lo conoces o no?

—¿Es un cliente? ¿Los ha matado él?

—Negativo. Él también está muerto.

Eli suspira, desfondado. Son muchos muertos.

—¿Y los del coche amarillo? ¿Los ha detenido?

—Céntrate en la foto.

Le pongo de nuevo el retrato de Nicolás ante los ojos.

—Yo no sé nada de ese señor, no le he visto en mi vida. Lo único que sé es que le dije a Matos que fuera a verla a comisaría, y ahora está muerto. Y yo sigo sin poder trabajar.

Le muestro una foto de Greco.

—¿Y a este? ¿Lo conoces?

Eli vuelve a negar.

—Es el que estaba con Matos cuando lo mataron.

—¿También es cliente? Llevo seis meses en la ciudad, no me conozco a toda la clientela.

—¿Estás seguro?

Saco un billete de cinco mil de la cartera. Aparece un brillo voraz en sus ojos.

—¿Cuántos días de pensión debes?

—Una semana.

—El billete es tuyo si me dices todo lo que sabes.

—Ya le he dicho todo lo que sé. Se lo juro.

Mantengo el billete en la mano. No quiero que se guarde nada. Él ve la oportunidad de conseguir más dinero.

—Por un poco más, le hago un servicio —me dice—. También me hago señoras.

La proposición me hace sentir entre pena y asco. Eli es un crío. Imaginarlo en la cama, en acción, me revuelve las tripas. Está desesperado y asustado. Haría cualquier cosa por un poco de dinero. Aflojo la mano y le tiendo el billete.

—Paga la pensión, come algo y búscate otro trabajo.

20

El domingo se lo dedico a mi hija. Por la mañana coge su bici y me la llevo al Calero, un parque estrecho y alargado del barrio de la Concepción, a quince minutos de casa. Mi madre se empeña en acompañarnos pese a mis advertencias. La Conce es un barrio obrero y de clase media, construido más o menos a la vez que el de San Blas y con su mismo objetivo: atender el desbordante crecimiento de Madrid después de la posguerra. Por suerte para los que lo habitan, no ha sufrido su misma degradación. Pero es muy distinto a las zonas de Madrid o de Bilbao por las que mi madre se ha movido toda la vida. El típico lugar que no considera a su altura. Me importa poco que no se sienta a gusto allí, pero no quiero que nos estropee la mañana con sus quejas clasistas. Me gusta que mi hija pise esas calles, que vea otras realidades, que se relacione con gente de todo tipo. Estará más preparada para la vida de lo que lo estuve yo. Y no digamos de lo que estuvo mi madre. No todo puede ser el Horcher, el Club de Campo y las clases de equitación. Mi madre adivina mis pensamientos y, por una vez, se guarda los suyos. Creo que intenta no confrontar conmigo. Tengo la sensación de que, para ella, estar con Lucía lo compensa todo, incluso mezclarse con la gente de un barrio más allá de la M-30. Lucía le hace bien. Me arrepiento de no haberla llevado antes a la clínica.

Mientras mi hija juega a las carreras con un par de chavales, mi madre y yo nos sentamos en un banco.

—No debiste comprarle el vestido.

—¿Ya estamos? No me digas lo que puedo o no puedo regalarle a mi nieta.

Ayer mi madre compró dos vestidos para la comunión, uno para ella y otro para Lucía. Mi hija está entusiasmada con el suyo, pero va a ir dando la nota. Es un conjunto de gasa precioso, pero del todo inapropiado para una comunión. Ni siquiera es blanco, sino color lavanda. Además, ya tenía un vestido. Se lo había comprado su padre, aunque la iniciativa fue de África, la aspirante a esposa de mi ex. Siempre tiene detalles con ella, quiere caerle bien. Mi primera reacción fue obligar a mi madre a devolverlo; África no se merece ese feo. Pero luego pensé que el desaire lo pagaría con Mauro, con lo cual no me pareció del todo inconveniente.

—No sé por qué tenemos que vestir a las niñas de novias. Parece que es lo único para lo que valemos, pasa casarnos.

Mi madre, a su manera, también quiere que mi hija vea otras realidades diferentes a la suya. Su educación consistió en eso, casarse bien. Y a juzgar por cómo ha resultado su matrimonio, su preparación para la vida resultó un fracaso. Más allá de lo excéntrico que me parece que mi hija haga la comunión con un vestido de fiesta, estoy de acuerdo con ella. Tampoco me gustaron nunca los trajes de almirante con el que visten a los niños varones. Todo en las comuniones tiene un aire muy cursi.

—Y si la pavisosa esa con la que está tu ex se molesta, peor para ella.

—No es África la que me preocupa, es Lucía. Gastarte el dineral que te habrá costado teniendo ya un vestido es un exceso, mamá. La mimas demasiado.

—Qué pesada eres, *policía*. Siempre le encuentras pegas a todo. No sabes disfrutar de las cosas.

Antes de la una estamos de vuelta en casa. Le he prometido a Lucía hacer una paella. Nunca he sido una gran cocinera, pero a ella le divierte ayudarme a prepararla en el patio. La hacemos en un pequeño aplique enchufado a una bombona de butano que estaba en la casa cuando la compramos. Es una de las herencias del antiguo propietario, el marine texano. No la usaba para hacer paellas, claro, sino para asar carne en una placa de acero. También nos dejó un guante de béisbol y un puñado de discos de soul. Aún no he escuchado ninguno, no tenemos tocadiscos, tan solo un radiocasete que pidió Lucía a los Reyes Magos. Le gusta grabar canciones de la radio y luego escucharlas una y otra vez. Últimamente le ha dado por Pedro Marín y por Al Bano y Romina Power. Mientras hacemos el sofrito, mi madre se abre una botella de vino blanco. Decido dejarlo pasar. No quiero poner pegas a todo, como me acaba de decir en el parque. A la tercera copa, me las arreglo para hacer desaparecer la botella. La paella resulta normalita. Al menos, el arroz está al punto. Recibo felicitaciones de las dos, aunque mi madre apenas prueba dos bocados. Hago café. La sobremesa se alarga. Lucía propone jugar a las películas. Mi madre no está al corriente de sus referencias cinematográficas. No sabe ni quiénes son Parchís, el grupo infantil de moda que encadena una película con otra. *La guerra de los niños, Las locuras de Parchís, Los Parchís contra el inventor invisible.* A Lucía le encanta Yolanda, la ficha amarilla. Nos hemos visto todas sus películas. Mi madre no da una. Lucía se ríe. Nos reímos las tres. Lo pasamos bien. Es extraño, pero empiezo a sentirme a gusto con mi madre. No me había pasado nunca.

No sé de dónde aparece una botella de licor. Mi madre se toma un par de chupitos. Con la excusa de recoger los cacharros de la comida, acabo con el juego y hago desaparecer también esa botella. Lucía se queda en el patio jugando con su pelota, mi madre se tumba en el sofá. Mientras termino de fregar los platos, creo que suena el timbre. Digo creo porque yo no lo oigo. El agua del grifo sale a chorro y tapa el sonido. Lo que sí oigo es la voz de mi madre a mi espalda.

—Tienes visita, hija.

Detrás de ella aparece Romo. Me quedo a cuadros.

—Buenas… —me dice con cara de estar haciendo una travesura.

—Romualdo ha venido por trabajo. —Los ojos de mi madre, achispados, me envían una mirada pícara—. Es muy simpático. Nunca me habías hablado de él.

Le ha abierto la puerta y, a buen seguro, habrá estado hablando un rato con él antes de traerlo a la cocina. Con Romo es fácil pegar la hebra. A saber qué inconveniencias le habrá dicho. Lucía viene del patio.

—¿Tú que haces aquí? —le dice a Romo, enfadada—. No te la irás a llevar otra vez, ¿no?

Siento como si fuéramos una multitud en la cocina.

—Ah, que se la lleva otras veces. ¿Y a dónde se la lleva? —pregunta mi madre.

—¡A trabajar! —contesto, airada.

—Perdona por presentarme así —me dice Romo—. He hecho una averiguación del caso y no podía esperar.

—¿Para qué están los teléfonos, Romo? —le digo, áspera, mientras me seco las manos con un trapo.

—Es una información sensible, prefiero decírtela en persona.

Mi madre no pierde detalle. La situación la divierte.

—La niña y yo, como si no estuviéramos. Podéis hablar lo que queráis.

—Vamos abajo.

Dejo el trapo en la encimera de mala gana y enfilo la puerta. Romo me sigue. Noto en mi espalda las miradas de mi madre y de mi hija.

—Espero que sea importante.

—Así que este es tu santuario... —Los ojos de Romo se pasean por el sótano. El escritorio, los expedientes archivados, los recortes de periódico—. Nunca me lo habías enseñado.

Mi paciencia se agota.

—¿Me quieres decir de una vez para qué has venido?

—Hoy he estado comiendo en casa de Manolo.

Manolo es su suegro, el padre de Mamen.

—¿Y eso que tiene que ver con el caso?

—Todo. Tiene que ver todo. —Romo se pavonea triunfante, estirando un silencio impostado para acaparar toda mi atención. Lo que tiene debe de ser gordo—. He estado charlando con él de trabajo, ya sabes que es como tú, de los que se lleva tarea a casa. Tiene una habitación como esta.

—Romo, haz el favor de ir al grano.

—Ha leído *El Caso*. Me ha preguntado por el crimen del cine Simancas.

—¿Tiene alguna información?

Suboficial de la vieja escuela, Manolo es un currela del cuerpo, bregado en la antigua Brigada Político Social. Dicen de él que disfrutaba reventando a golpes a los opositores al Régimen en los calabozos de la Dirección General de Seguridad. Ahora, ironías de la vida, forma parte de la Brigada Antigolpe, un grupo policial de investigación formado hace algo más de un año, después del 23F, con objeto de rastrear la trama civil del golpe del coronel Tejero y evitar nuevas asonadas militares.

—Le he hablado del notario y de su hijo. ¿Y a que no sabes qué?

—¿Qué? —le pregunto, impaciente.

—Marchesi y Nicolás han visitado a Tejero en la cárcel. Más de una vez.

El notario y su difunto hijo, amigos de un golpista. De Nicolás me extraña. De Marchesi, nada. Se ve a la legua que es un nostálgico del Régimen.

—¿Estaban implicados en el golpe?

—Que sepan los de la Brigada, no. Pero tienen orden de llevar registro de todos los que visitan a Tejero.

—En cualquier caso, ¿en qué nos conecta eso con Poldo?

—De momento en nada. Pero es un regalito que no esperábamos. Ni nosotros ni el chulo ese de Puente. Pensé que querrías saberlo cuanto antes.

—Gracias, Romo. Pero no hacía falta que vinieras a decírmelo. Podías haber esperado a mañana.

—Tenía ganas de verte. Hace mucho que no estamos un rato a solas.

—No puedo estar a solas contigo ahora. Mi madre y mi hija están arriba.

—¿No te puedes escapar un par de horas? Yo me he escapado de casa de mi suegro. Podemos ir a un hotel.

Me enerva su presunción. No voy a renunciar a pasar tiempo con mi hija por estar con él. Subo la voz.

—Otro día, Romo. Hoy no.

Le invito a marcharse. Arriba nos espera mi madre. Se despide de él dándole la mano con mucha pompa. Una guasa detectable para mi radar, no para el de Romo. Lucía se ha puesto la tele, nos ignora. Cuando Romo sale por la puerta, mi madre va detrás de mí.

—Un poco joven para ti, ¿no crees?

Prefiero no contestar. Terminaré de recoger la cocina más adelante. Necesito pensar. Salgo a dar un paseo. El caso me tiene confusa. La cabeza me bulle. ¿Será el descubrimiento de Romo un hilo del que tirar o una vía muerta? Después de media hora caminando encuentro una cabina. Llamo a casa de Puente. Es la segunda vez que lo hago en lo que va de fin de semana. Necesito compartir con él la información. Le he reprochado a Romo que no esperase a mañana lunes para contármelo, pero yo tampoco me lo puedo guardar.

21

Una joven despampanante y bien vestida, seguramente prostituta de altos vuelos, toma un vermut en la barra. Dos hombres de negocios sentados a una mesa parecen rifársela. Cerca de ellos, en otra mesa, un grupo de ejecutivos departen en inglés, alternando carcajadas y tragos de *scotch*. En la mesa más apartada, junto a las cortinas que ocultan el gran ventanal con vistas a la plaza de Cuzco, nos esperan dos miembros de la Brigada Antigolpe. Ni a Puente ni a mí nos cuesta reconocerlos pese a que es la primera vez que los vemos en persona. Sus trajes baratos los delatan. En la cafetería del hotel Eurobuilding, en plena zona financiera de la ciudad, desentonan tanto como los nuestros. Nos reciben con gesto serio, sin levantarse de la silla. Con su descortesía nos lanzan el mensaje de que bastante han hecho con reservarnos un hueco en su agenda esta misma mañana. Son hombres muy ocupados. Puente contactó por teléfono con la Brigada a primera hora para preguntar por las informaciones de Romo y, después de varias llamadas, le citaron aquí a la una, con la condición de que yo le acompañase. Hace media hora pasó a buscarme por la comisaría de San Blas.

El mayor de los dos tendrá unos cincuenta. Se presenta como Emilio Ballesta, segundo jefe de la Brigada Antigolpe. Sus ojos saltones buscan los míos. El otro es el inspector Reverte. Pelo rizado, patillas frondosas, se limita a asentir cada vez que habla su superior.

—¿No ha venido Manolo? —pregunto mientras tomamos asiento.

—Eres tú quien trabaja con su yerno, ¿no? —Ballesta no me quita el ojo de encima.

—Así es.

—Manolo se encuentra en mitad de un operativo, no puede estar aquí.

Ballesta desprende un fuerte olor a Varón Dandy, una colonia barata y pasada de moda. Pese a que apenas tiene dos años de existencia, todo en la Brigada Antigolpe, no solo su jefe segundo, desprende olor a rancio. Al igual que Manolo, el suegro de Romo, casi todos sus miembros proceden de las unidades más duras de la policía franquista. Hace unos meses, los periódicos contaron que, cuando los mandos policiales le pasaron a Juan José Rosón, el ministro de entonces, la lista con los nombres de las personas que iban a formar la Brigada, este no pudo disimular su sorpresa. Todos habían sido funcionarios muy significados con el Régimen, conocidos por su ideología ultra y sus actividades represoras. Según le explicaron al ministro, esos policías eran los que mejor conocían a los grupos de extrema derecha y los más adecuados para acceder a información sobre las ramificaciones del golpe del 23F. Desde entonces, se han conocido dos nuevas intentonas de liquidar la democracia, pero la Brigada no ha hecho grandes avances en sus pesquisas. Uno de esos intentos pretendía aprovechar la celebración del santo del rey en el Palacio de la Zarzuela el 24 de junio de hace dos años para descabezar el Estado, deteniendo a todas las personalidades presentes en el evento. El otro, más sangriento, al menos sobre el papel, pensaba desatar el caos el día de reflexión previo a las elecciones generales del pasado octubre, que a todas luces iba a ganar el Partido Socialista. El plan pasaba por hacer estallar una bomba junto a un bloque de viviendas militares, atribuir la autoría del atentado a ETA y aprovechar la confusión para sacar de la circulación, es decir, asesinar, a los líderes de los partidos de izquierda y de los sindicatos. Los dos conatos de sublevación fueron abortados mucho antes de llevarse a cabo, pero apenas se practicaron detenciones a un puñado de militares y todas ellas fueron de corto recorrido. Las reservas del ministro parecían tener sentido.

—¿Qué nos podéis decir de Marchesi? —Puente va al grano; ambos percibimos que nos quieren despachar rápido.

—Que no es vuestro hombre. —Ballesta es tajante—. No tiene nada que ver con la muerte de ningún chapero. No le sigáis investigando.

No pueden pretender cortarnos sin más nuestra única vía de investigación.

—Si seguís los movimientos de Marchesi, habréis seguido también a su hijo —intervengo—. Sabréis entonces de su relación con Leopoldo de la Cruz, la víctima del crimen del cine Simancas.

Me contesta Reverte, callado hasta entonces.

—De Nicolás sabemos todo lo que hay que saber. A quién le ponía el culo, a qué saunas iba. Todo.

Ballesta le hace un gesto. No quiere regalarnos ni un gramo de información.

—Nosotros sabemos muchas cosas, Liébana. El problema es lo que vosotros sabéis. Nada de lo que hacemos tenía que haber llegado a vuestros oídos. Pero de los errores se aprende, y la lección para vosotros es que la vía Marchesi es una vía muerta.

Me temo que a Manolo le han dicho cuatro cosas por irse de la lengua. Ballesta prosigue. Nos habla con arrogancia.

—A ese chapero no le ha matado nadie apellidado Marchesi. No tiréis de ese hilo porque no os va a llevar a ningún sitio.

—Eso me lo podías haber dicho por teléfono —le responde Puente—. No hacía falta que montaras una reunión.

—En la Brigada nos gusta poner cara a quien se mete en nuestro terreno. Dejadnos a Marchesi a nosotros y seguid con vuestro caso. Tenéis un buen carajal de maricas fiambres. Buenos días.

Ballesta se levanta de la mesa sin esperar nuestra respuesta. Reverte nos lanza una mirada amenazadora a modo de despedida y sigue sus pasos. Puente calibra cómo reaccionar. Es la primera vez que le veo dudar. Voy a replicar, pero me hace un gesto para que me calle. Nos quedamos los dos en silencio. Las risotadas de la mesa de ejecutivos invaden la cafetería.

Al cabo de un rato estamos Puente y yo sentados a otra mesa, la de un restaurante de menús de la calle Pintor Juan Gris.

—No pueden decirnos lo que podemos investigar y lo que no. Y menos de esa manera.

—No es nada personal, Liébana. Los de la Brigada se creen por encima del bien y del mal.

Mientras me habla, Puente mastica un trozo de entrecot sanguinolento. Al salir del Eurobuilding ha insistido en que comamos juntos para digerir la vía muerta a la que nos abocan los de Antigolpe. Ha pedido ensalada, carne para los dos y una botella de vino. Ya se ha bebido más de media.

—Tenemos que asumirlo. El suicidio de Nicolás es un callejón sin salida —dice sin dejar de masticar—. No ayuda a resolver el caso.

Le miro mientras, de nuevo, ataca el filete con los cubiertos. No entiendo a qué viene lo que acaba de decir, este no es el Puente escrupuloso y metódico que he conocido hasta ahora. Mira mi copa, intacta, mientras se sirve otra.

—¿No te gusta?

—Estoy de servicio.

Mis palabras no le alteran; de un sorbo deja la copa a la mitad.

—Y la extorsión de Poldo a Nicolás, ¿qué? —le pregunto.

—Eso es una conjetura.

—Con la que estabas de acuerdo.

—No tenía la misma información que ahora.

—Poldo le limpió la cuenta a Nicolás. Y hay un paquete desaparecido cuyo contenido le costó la vida. A él, a Matos y a Greco. Eso no son conjeturas, son hechos.

—En el paquete no sabemos qué había —me rebate—. Podría estar relacionado con Nicolás o no. El único hecho es que Nicolás le dio a Poldo todo el dinero que pudo hasta que se quedó sin él. Pero eso no lo implica en su muerte.

—¿De verdad crees que es casual que se suicidara tres días después de la muerte de Poldo?

—Liébana, los de la Brigada llevan meses investigándolo. A Nicolás y a Marchesi. Si tuvieran algo que ver con la muerte de Poldo, lo sabrían. Por ahí no hay nada que rascar. Tenemos que tirar por otro lado.

—Lo mismo lo están encubriendo.

—A Marchesi.

—Es un nostálgico del Régimen, amigo de Tejero. Y en la Brigada son todos de extrema derecha.

—No hagas caso de todo lo que lees en la prensa, Liébana.

—Sin Nicolás no tenemos más que tres huellas de pisadas manchadas de sangre y la matrícula de un coche robado.

—Poldo era chapero. Matos también. A saber en qué líos andaban metidos. Eso es lo que hay que investigar. Tenemos que volver a las víctimas. Dejar que nos hablen.

Escuchar a las víctimas. Después de una semana de investigación conjunta, Puente me habla con las frases manidas de los instructores de la Academia. De repente, soy su pequeño saltamontes.

—Mañana llega el informe de las huellas digitales encontradas en la escuela de Lavapiés. Blasco lo va a cotejar con el del cine Simancas.

—Llevaban guantes, Puente. Tú mismo los viste.

—Igual se los quitaron dentro. Nunca se sabe. Vente mañana a Canillas. Nos reunimos con todo el equipo, algo habrá que estemos pasando por alto.

—¿De qué va esto, Puente? ¿Los de la Brigada nos dan una orden y nosotros obedecemos? No son nuestros superiores, somos tan policías como ellos.

—Esto va de no perder el tiempo. Si no te gusta cómo llevo la investigación, no tienes más que volverte a tu comisaría de barrio.

Perfecto. Me amenaza con sacarme del caso. Trato de que no se note mi enojo. Me refugio en la comida.

Un café y un chupito de whisky después, se da por satisfecho. Nos vamos al parking. Puente no da síntomas de haber bebido. Le conozco desde hace poco, pero ya he podido comprobar que es un experto en desenvolverse con aparente normalidad con unas copas de más. Preferiría conducir yo. No ha sido una buena idea venir los dos en su coche. Se empeñó en pasarme a buscar por la comisaría de San Blas. Siempre quiere tenerlo todo bajo control. Todo menos el marcaje a Marchesi. Nos sentamos. Introduce la llave en el contacto, pero antes de arrancar me mira.

—No quería ser tan duro contigo, Liébana. Eres brava, no te conformas, y eso me gusta. Tienes olfato, solo te falta aprender en dónde meter la nariz.

No sé si es un cumplido o una crítica. En cualquier caso, su condescendencia me irrita. Disimulo con una sonrisa. Quiero volver a comisaria, alejarme de él, sentarme frente a mi libreta, pensar yo sola cuáles son los siguientes pasos por dar.

Pero Puente no ha acabado.

—San Blas te queda pequeño, tienes que aspirar a más. Si tú quisieras, podría hablar con mi comisario. En Servicios Centrales necesitamos gente como tú.

El aliento le huele a alcohol. Toda la atmósfera dentro del coche está viciada. Le urjo a que arranque de una vez.

—¿Nos vamos, por favor?

—Alguien de tu talento tiene que estar rodeada de los mejores, no de gañanes. Ese subinspector, por ejemplo... ¿Cómo se llama? Romo era, ¿no? —me pregunta con un brillo en los ojos. Me nota incómoda y parece disfrutar con ello—. ¿Sabes que ha estado preguntando por ahí si soy de fiar? Estar enredada con él no te hace ningún bien, Liébana.

Tengo ganas de gritar. Mi relación con Romo ha trascendido las paredes de la comisaria de San Blas. Puente me pone la mano en la pierna y clava los ojos en los míos. Me quedo muda.

—¿Tú crees que soy de fiar? —dice mientras desliza los dedos por mi muslo.

Bajo la vista. Veo su mano llegar a mi entrepierna y no hago nada por evitarlo. Estoy paralizada, no respiro, me siento exangüe. Puente acerca la cara a la mía. El aliento a alcohol me llega ahora con otros matices. Huele a comida, a café, a suciedad. Siento náuseas. Me toca los pechos. Me desabrocha el pantalón. Noto su lengua rugosa sobre mis labios. Aprieta para introducírmela dentro de la boca. Abro los labios y una arcada me hace recuperar la respiración. Noto la sangre golpear mis sienes. Le aparto de un empujón y salgo del coche. Tengo ganas de vomitar.

Puente sale detrás.

—¿Eso es un no?

—No vuelvas a tocarme en tu puñetera vida —le digo, tajante pero sin levantar la voz. Intento parecer entera.

—¿Te vas a hacer la estrecha ahora?

Me contengo para no darle un puñetazo. Le tumbaría con gusto.

—Te estás equivocando conmigo, Puente.

—La que te equivocas eres tú. De medio a medio.

Quiero salir de ahí. Perderle de vista. Enfilo la salida a toda prisa.

—¡Que llevas una semana mandándome señales! ¡Calientapollas!

Su voz me persigue, pero no miro atrás.

Fuera encuentro la luz del mediodía. Necesito coger un taxi.

22

Pido al taxista que pare en la avenida Arcentales. Me cobra, me mete prisa para que salga y se aleja a toda velocidad, casi derrapando. No quería hacer la carrera hasta San Blas; he tenido que sacar mi placa para convencerle. Los atracos a taxis están a la orden del día en el barrio. Son dinero fresco sobre ruedas, fácil de conseguir a punta de navaja para cualquier yonqui en apuros.

Estoy a diez minutos a pie de la comisaría. Un paseo me sentará bien. Necesito serenarme, no quiero llegar con el asco impreso en la cara. En un descampado, un grupo de chavales juega al fútbol con una lata de cerveza vacía. A escasos metros, un par de adolescentes se fuman un chino. Presente y futuro de la infancia de San Blas, conviviendo en sórdida armonía. Una escena de la desesperanza del día a día en el barrio que, de un modo retorcido y cruel, me reconforta. En un puñado de años, los más pequeños pasarán de meterse goles a meterse jaco. Tan brutal como previsible. De alguna manera, en San Blas todo está en su sitio. Por el contrario, dentro de mí reina el desorden.

El recuerdo de la lengua de Puente abriéndose paso entre mis labios me revuelve. Es la primera vez que me ocurre algo así. De joven tuve que aguantar algún magreo disimulado en el metro, alguna procacidad de viejo verde, pero nunca me habían forzado de ese modo. ¿Será culpa mía? Repaso mi comportamiento con él. No soy consciente de haber coqueteado, pero es verdad que me entró bien desde el principio. Como policía. Pese a su abuso del alcohol, me gusta su minuciosidad, su manera de afrontar el caso, el modo que ha tenido de integrarme en la investigación. Hasta hoy. No entiendo su bajada de pantalones con los de la Brigada ni que luego intentara bajarme los míos. ¿Qué le ha pasado? ¿Qué me está pasando? Yo no tengo culpa de nada. Si le he mandado señales, no han sido las que él ha interpretado. ¡Que le jodan! En realidad, la que está jodida soy yo. El muy cerdo me va a sacar del caso. Aunque siempre podría seguir investigando por mi cuenta. La pista de Marchesi es buena, estoy segura. Sabe de los problemas de su hijo mucho más de lo que dice. Si le tenía tan controlado, ¿cómo no iba a saber que seguía viéndose con hombres? ¿Cómo iba a ignorar que le habían dejado sin un duro? Y, en otro orden de cosas, ¿cómo no va a tener que ver con Nicolás el contenido del paquete de Poldo? ¿En qué otro lío andaba Poldo si no era el de Nicolás? Marchesi es la única persona que puede unir la muerte de ambos. Hay que tirar de ese hilo. Si nadie lo hace más que yo, nadie tiene por qué enterarse. El comisario Morate el que menos; me las arreglaré para tenerlo contento. Que Puente siga con su línea de investigación inexistente, yo seguiré con la mía. Y si por el camino me topo con los de la Brigada, ya me las arreglaré. No me dan miedo. No soy Puente.

Cerca de comisaría me cruzo con Romo, que sale del garaje al volante del 131. Lo detiene nada más verme. Baja la ventanilla y me dice que va a casa de Chino. Lleva todo el día llamándole por teléfono por el asunto de la nevera, pero no contesta. Asiento con indiferencia. Tengo ganas de encerrarme en mi despacho frente a mi libreta y aclarar las ideas.

—¿Qué tal con los de la Brigada? —me pregunta detrás de la ventanilla bajada.

—Mal.

—Lo sabía.

Ahora sí que capta mi atención.

—¿Qué sabías?

Romo apaga el motor y sale del coche. Se asegura de que no hay nadie cerca y adopta un tono confidencial.

—Esta mañana me ha llamado mi suegro. Me ha echado una bronca del copón por contarte lo de las visitas a Tejero. A él también le ha caído una buena.

Estaba en lo cierto. Los jefes de Antigolpe le han cantado las cuarenta a Manolo. Por eso no ha estado en la reunión. No querían que se fuera más de la lengua. ¿Qué se traen los de la Brigada con Marchesi? ¿Por qué les molesta que lo investiguemos? ¿Le están protegiendo porque es de los suyos o hay algo más? El crimen del cine Simancas se ha cruzado con algo que no sé calibrar, pero diría que es gordo. No quieren que hurguemos. No hay mejor motivo para meter la nariz hasta el fondo.

—Vamos a la notaría de Marchesi —le digo mientras abro la puerta—. Las llaves.

Romo me mira desconcertado.

—No me jodas, Matilde. Me vas a meter en otro lío.

—Descuida. No vamos a hablar con él.

—¿Y entonces?

—Te lo cuento de camino.

Romo me da las llaves. Me siento al volante.

—¿Qué hacemos con Chino? —me pregunta mientras se acomoda en el asiento de copiloto.

—Ya nos ocuparemos de eso mañana.

Arranco y piso el acelerador a fondo.

Llevamos más de una hora dentro del coche, aparcados a la sombra, en la calle Castelló, esquina con General Oráa. Romo fuma un cigarro con media ventanilla bajada; yo procuro no desviar la vista del inmueble donde Marchesi tiene su notaría. Estamos lo bastante lejos para no llamar la atención de los que entran y salen del portal. Antes de estacionar, he dado unas vueltas por la zona, en busca de algún vehículo camuflado. Si los de Antigolpe tienen tan controlado a Marchesi, deberían tener vigilancias montadas. Pero en tres calles a la redonda no veo nada sospechoso. Tal vez no estén tan encima de él como nos han dicho esta mañana. Mi idea es hacer exactamente eso, estar pendiente de Marchesi. Hacerle un seguimiento, controlar sus rutinas, sus movimientos, sus compañías. Con Puente y su equipo podría organizarse un operativo en condiciones. Ahora solo cuento con Romo. Tendremos que apañarnos. De manera extraoficial, siempre que podamos, en horas de jornada laboral y en horas libres. Ni Morate ni Puente lo aprobarían, pero llevar la investigación de la muerte de Poldo hasta sus últimas consecuencias es nuestro deber. Es mi deber como policía.

—¿No me vas a contar lo que te ha pasado con Puente? —Romo da la última calada a su cigarro, que tira por la ventana.

—Que tenías razón. No es trigo limpio.

Le he puesto al tanto de cómo ha pasado por el aro de los de Antigolpe. No necesita saber más. Me inhibo de contarle lo sucedido en el aparcamiento y de echarle en cara que haya ido haciendo sus torpes averiguaciones acerca de Puente. Tendría que darle demasiadas explicaciones.

Romo percibe que le oculto algo. Para evitar más preguntas, salgo del 131. Mi reloj marca las cinco y media. Compruebo que llevo monedas y voy en busca de una cabina telefónica. Llamo a casa y le pido a mi madre que vaya a recoger a Lucía al colegio. Le aviso de que llegaré tarde. Vuelvo al coche. Romo ya no fuma, se le ha acabado el tabaco. No así las preguntas, pero, por esta vez, se las guarda.

Cerca de las siete, Marchesi sale de la notaría. Camina hacia la calle Velázquez y tuerce en dirección sur. Seguramente se dirija a su casa. Vive cerca, en la calle Claudio Coello. Salimos del coche para seguirle a pie. Se para en una floristería. Sale con un ramo enseguida, debía de tenerlo encargado. Dobla la esquina, abre el portal de su casa y se pierde en el interior. Me quedo vigilando y mando a Romo a por el 131. Al cabo de cinco minutos estaciona cerca de la casa de Marchesi, me siento a su lado y vuelta a esperar. Al poco rato, un Mercedes abandona el garaje de la finca. Al volante va Marchesi. A su lado, su mujer, vestida de luto como el día del entierro. Le seguimos por la Castellana. A la altura de Ronda de Toledo me hago una idea de a dónde van. Aparcan en el paseo de la Ermita del Santo, junto a la puerta del cementerio de San Justo. Romo quiere seguirlos a pie. Le digo que no. Ya conseguí una vez merodear por el cementerio sin que me viera, hacerlo otra vez sería arriesgar demasiado. Sin los asistentes al entierro, no sería fácil ocultar nuestra presencia. Nos quedamos en el coche. Media hora más tarde los vemos volver. La mujer tiene los ojos hinchados de llorar. Necesita apoyarse en el brazo de Marchesi para caminar. Se meten en el Mercedes y enfilan la vuelta a casa. Les seguimos a cierta distancia. Cuando se meten en el garaje de Claudio Coello empieza a caer el sol. Nos quedamos un rato más al acecho. Cerca de las once decido que es hora de dejarlo. Nuestro primer seguimiento ha sido infructuoso. Le propongo a Romo repartirnos el día siguiente. Yo seguiré a Marchesi por la mañana y él me dará el relevo a la hora de comer. Mañana es martes y tengo comida con mi padre.

—Me alegro de que al fin cuentes conmigo, Matilde —me dice—. Aunque no lo creas, hacemos buen equipo.

En sus ojos, apenas iluminados por las farolas de la calle, asoma un brillo. Noto en la boca del estómago el recuerdo de Puente. Estoy dentro de un coche, con un hombre que me mira fijamente, igual que estaba con él en el aparcamiento antes de que se abalanzase sobre mí. Pero ahora yo estoy frente al volante y Romo en el asiento del copiloto. No quiero volver a casa con el asco dentro de mí. Necesito borrarlo, olvidar el tacto de la boca y las manos de Puente con otra boca y otras manos. Acaricio el rostro de Romo. Me acerco a él despacio y le doy un beso en los labios. Romo se acelera. Me besa con intensidad, noto sus brazos musculados rodeándome el cuerpo.

—Así no, Romo. Despacio —le pido.

Me mira con ganas de más. Va a decir algo, pero, con un gesto, le pido que guarde silencio. Arranco el coche y emprendo la marcha. No tengo rumbo, solo la intención de parar en el primer hotel que veamos. Le cojo la mano y, con delicadeza, la poso en el interior de mis muslos.

LA QUIEBRA

23

Me descalzo nada más llegar a casa. Son las dos y media de la madrugada. Estoy agotada. El sexo con Romo me ha dejado una sensación de paz. Tal vez hoy sea capaz de conciliar el sueño. Me asomo a la habitación de Lucía, que duerme abrazada a su almohada. Le doy un beso y cierro la puerta con cuidado. Al fondo, la luz del patio está encendida. Allí, sentada en el butacón de enea, me recibe mi madre, rodeada de una nube de humo.

—Gracias por ocuparte de Lucía. ¿No te acuestas?

—No tengo sueño. —Mi madre se enciende un nuevo cigarro—. Te ha llamado un tal inspector Puente. Le he dicho que estabas trabajando.

Tuerzo el gesto. Había conseguido dejar de pensar en él.

—¿He hecho mal? ¿Le tenía que hacer dicho otra cosa?

—No, no te preocupes.

—Ha llamado varias veces. Parecía muy interesado en hablar contigo.

Lo mismo se le ha pasado la borrachera y quiere pedirme disculpas. O igual me quiere comunicar que estoy fuera del caso. Da igual. Para mí, Puente está muerto.

—¿Estás jugando a dos bandas? —me pregunta.

—¿A dos bandas con qué?

—Con Romualdo y con Puente.

Lo que me faltaba para terminar el día, un consultorio sentimental con mi madre.

—Mira, hija. Lo mejor que has hecho en tu vida es separarte del idiota de tu marido. Lo último que necesitas ahora es otro hombre. Y mucho menos dos.

—Buenas noches, mamá.

Doy la conversación por concluida. Recojo el cenicero lleno de colillas y enfilo el camino al interior de la casa. Pero mi madre va detrás de mí.

—Hija, ¿es normal que llegues de trabajar a estas horas? Lucía necesita a alguien que la atienda. Lo que te hace falta no es un hombre, es un poco de estabilidad. Yo puedo ayudarte.

Mi madre, la neurasténica ausente, la alcohólica que me abandonó a los ocho años, me da ahora lecciones sobre las necesidades de mi hija.

—Me las he arreglado muy bien sin tu ayuda, mamá. Desde que tenía la edad de Lucía.

—Verás, hija, llevo unos días pensando en vosotras...

—Miedo me das.

—Haz el favor de escucharme. —Mi madre sube la voz—. En unos días me dan las llaves del ático. Quiero que os vengáis a vivir conmigo. Allí hay sitio de sobra para las tres. Yo te ayudo con Lucía. Y así dejáis este barrio horrible.

—Vete a la mierda, mamá.

No puedo tener esta conversación. No quiero tenerla.

Me encierro en la habitación.

Cuando, a las siete de la mañana, suena el teléfono, llevo dos horas despierta. Me he desvelado después de una pesadilla. He soñado con el día de mi primera comunión, en el Club de Campo, solo que la que iba vestida de blanco no era yo, sino mi hija. Mi madre, mi madre de entonces, tal como era hace veinticinco años, fumaba y bebía y bailaba, pero no con el joven juez alumno de mi padre, sino con Puente, el mismo Puente de ahora, con sus ojos pequeños y vivos, su torso rotundo, la frente perlada en sudor y la lengua grande y rugosa, como la de un toro de lidia. Mi padre presenciaba la escena con mirada censora. Lucía lloraba. Yo lo veía todo desde fuera, como en una película, sin estar presente ni poder intervenir. Me he despertado de pronto, con la angustia agarrada al pecho, y he sentido alivio al comprobar que la película se desvanecía en mi cerebro. Y, más aún, al darme cuenta de que no volvería a dormirme. Rara vez vuelvo a conciliar el sueño cuando abro los ojos en mitad de la noche. En ocasiones, esta es una de ellas, reconforta dejarse mecer por el insomnio. El cansancio abruma, pero menos que la idea de cerrar los ojos y volver a la fantasmagórica revisión de mi infancia revivida por mi hija.

Al segundo timbrazo me levanto de la cama, tratando de sacudir la plomiza sensación de pesadez que me entumece las piernas. Llego al salón a trompicones, lo más rápido que puedo. No quiero que el ring, ring del teléfono despierte a toda la casa. Al otro lado de la línea me habla el oficial Useros. Llama desde comisaría, está de turno de noche.

—Siento molestarla a estas horas, *jefa.*

—¿Qué sucede?

—Hemos detenido a Chino.

Useros me explica que llegó un aviso a comisaría de madrugada. Alguien había roto el escaparate de una tienda de electrodomésticos de la calle Amposta y la alarma tenía despierto a todo el vecindario. Acudieron al lugar con una patrulla y, a apenas doscientos metros, en la misma calle, encontraron a Chino con un arcón frigorífico a rastras. También había tenido tiempo de coger algo de dinero de la caja. Lo tienen en el calabozo, a la espera de ponerlo a disposición judicial. Pero Chino reclama mi presencia. No quiere hablar con nadie salvo conmigo. Ni siquiera con un abogado de guardia. No sé qué tripa se le ha roto ni qué pretendía al remolcar un arcón frigorífico por todo San Blas. Me dan ganas de mandarlos a la mierda. A los dos. A Chino por tarambana y a Useros por llamarme a casa a esas horas con semejante nimiedad. Tenía previsto hacer el seguimiento a Marchesi toda la mañana, pero no puedo ausentarme de la comisaría sin más mientras un detenido reclama mi presencia. Morate se olería algo. Miro mi reloj. Las siete y dos minutos. Si me doy prisa puedo despachar el asunto de Chino con tiempo para ir a la calle Claudio Coello antes de que el notario salga de casa.

En el momento que cuelgo a Useros, mi madre aparece por el pasillo, en camisón.

—¿Qué pasa? ¿Quién es? —me pregunta con ojos somnolientos, pero la voz clara. Tal vez no haya tomado somníferos para dormir.

—Necesito que lleves a Lucía al colegio.

—No puedes seguir con estos horarios, Matilde —me dice mientras enfilo hacia el cuarto de baño—. Piensa en lo que te dije anoche.

Cierro la puerta. Me doy una ducha rápida y salgo de casa sin desayunar. Camino del coche siento que alguien me observa. Me giro y no veo a nadie cerca, solo a un tipo, al fondo, haciendo footing. Me siento al volante. Por el retrovisor le miro de nuevo. Ha detenido su marcha y hace ejercicios de estiramiento. Diría que estudia mis movimientos. Mi instinto me dice que no se trata de un simple vecino del barrio.

24

A las ocho menos veinte estoy en comisaría. Useros toma café con el resto de los compañeros de guardia. Le pido que lleve a Chino a la sala de interrogatorios mientras saco de la máquina del pasillo mi propia dosis de cafeína. A los cinco minutos estoy sentada frente a él con dos cortados, largos de café. Le tiendo uno. Lo mira con precaución.

—Lleva leche. Me gusta solo.

—Estás tú para elegir, Chino.

—Elijo los policías con los que hablo. Gracias por venir, jefa.

Tiene una herida en el labio.

—¿Cómo te has hecho eso?

—Pregunte a sus compañeros.

El mes pasado llegó una circular del Ministerio para mejorar el trato a los detenidos. El cuerpo se está modernizando, mi condición de mujer e inspector es una prueba de ello, pero los viejos usos de la policía siguen vigentes. Demasiado vigentes. Los malos tratos a los arrestados son moneda común. Algunos se los merecen. Chino, aún no lo sé. Le doy un sorbo a mi café.

—Bebe, anda, te sentará bien.

Chino extiende el brazo en dirección al vaso. La mano le tiembla. Me temo que sus venas empiezan a echar en falta algo que galope en su interior. Consigue sujetar los dedos y bebe.

—Tiene que ayudarme, jefa. No quiero acabar en el trullo otra vez.

—Te han pillado con las manos en la masa, Chino. ¿En qué estabas pensando?

—No me eche la bulla, jefa, que no he matado a nadie. Solo necesitaba una nevera nueva, nada más. La de casa está estropeada, usted lo sabe tan bien como yo.

—Una nevera, Chino, no un arcón frigorífico tamaño industrial. Hasta alguien como tú entiende la diferencia. ¿Qué pensabas hacer con ese mamotreto? ¿Venderlo?

—Llevarlo a casa, se lo estoy diciendo.

—Pues eso en casa no te sirve de nada. ¿Qué has hecho con la nevera vieja? ¿Se la llevó el chatarrero?

—¿Qué chatarrero?

—Me dijiste que se la llevaban después del fin de semana. Romo te estuvo llamando ayer, pero no contestabas.

—Estaba ocupado.

—¿Se la llevó o no?

Se piensa la respuesta.

—Sí.

Miente. Si la nevera sigue allí, la peste y las quejas de los vecinos también seguirán allí. Me va a tocar pedir una orden judicial para entrar en su casa y tirarla a la basura de una vez. Él no podrá hacerse cargo de nada en algún tiempo. Ni siquiera la nueva política penitenciaria del gobierno le va a librar de la cárcel. El destrozo de la tienda de electrodomésticos y sus antecedentes le van a mandar unos meses a la sombra, no hay duda de eso.

—Vas a matar a tu madre a disgustos, Chino. Ya verás cuando se entere de lo que has hecho.

—A mi madre no la meta en esto.

Va a coger el vaso, pero los temblores hacen que se le escurra entre los dedos.

—¡Joder! —dice en un lamento al tiempo que se levanta de la silla como un resorte.

Se ha manchado los pantalones. El café derramado se extiende por toda la mesa y cae al suelo en cascada. Podría sacar mi pañuelo y detener el estropicio, pero prefiero no hacerlo. No puedo limpiar la mierda de un detenido y esperar que me guarde respeto.

—Siéntate —le ordeno.

—Haga la vista gorda, jefa, por favor.

—He dicho que te sientes.

Chino obedece. Sus ojos me imploran mientras su cuerpo se balancea incesante, adelante y atrás. El síndrome de abstinencia se abre paso.

—Le prometo que pago el cristal del escaparate y lo que haga falta.

—¿Qué vas a pagar tú, Chino?

—Solo necesito un poco de tiempo. A primeros de mes me entra dinero.

—No puedo dejarte marchar como si nada. Pareces nuevo.

—¿De verdad que no me va a ayudar?

—Diré al juez que te trate con cariño. No puedo hacer más.

Chino agacha la cabeza, derrotado.

Las últimas gotas de café con leche caen de la mesa.

—Todo esto es culpa de la Mari —se lamenta, con rabia—. ¡Me cago en sus muertos! ¡Si no se hubiera quejado de los olores, yo no estaría aquí!

La conversación no da para más. Lo mando de nuevo al calabozo. No será el primer detenido en pasar el mono allí.

A las ocho y media estoy en mi despacho. Antes de salir pitando a Claudio Coello quiero dejar zanjado el asunto. Sobre mi mesa tengo el aviso de que me ha llamado el inspector Puente. No pienso devolverle la llamada. A no mucho tardar tendremos una conversación, no puedo esconderme de él por mucho tiempo, pero ahora tengo otras prioridades. Llamo a Mari, la vecina del bajo. Me confirma mis sospechas. La escalera sigue oliendo mal. Tendré que mandar una patrulla a recoger la dichosa nevera. Pienso en Marcelina, la pobre madre de Chino. Cuanto antes sepa de los problemas de su hijo, mejor. Le pregunto a Mari si sabe cómo localizarla. La oigo rebuscar en una agenda. Al minuto me da el número de teléfono de la casa de la hermana, en el pueblo, donde Marcelina lleva tres meses lejos de su hijo y sus follones. Desde el trullo, Chino no podrá seguir desvalijándole la casa. Tal vez se anime a dejar el pueblo y volverse a San Blas. Llamo nada más colgar con Mari. Me coge el teléfono una mujer con marcado acento extremeño, el mismo que debía de tener su hermana Marcelina antes de emigrar y diluir sus dejes entre los de los emigrantes andaluces y castellanos que pueblan el barrio. La conversación con la tía de Chino resulta muy reveladora. Me cuenta que ni ha visto ni ha hablado con su hermana Marce desde hace tiempo. Es más, me asegura que Marcelina no ha pisado el pueblo desde el año pasado y que, cada vez que llama a casa, su sobrino Miguel —ese es el nombre real de Chino— le dice que no se puede poner. Una idea sobrevuela mi mente. Una idea que me hiela las entrañas. Despido a la señora con la promesa de volver a llamarla si tengo noticias de su hermana. Me quedo un momento en silencio. Trato de buscar alguna explicación distinta a la que me martillea la mente. Cuando la necesidad aprieta, un drogadicto puede hacer cualquier barbaridad por una dosis. Pero a Chino no le veo capaz de hacer daño a su propia madre. ¿O sí?

Unos nudillos tocan en mi puerta. Es Romo. Acaba de empezar su jornada. No esperaba verme en comisaría.

—Te hacía en Claudio Coello.

—Cambio de planes —improviso—. Intercambiamos turnos. Te encargas del notario ahora y yo te doy el relevo después de comer.

—¿Tienes un momento? Quiero decirte una cosa.

Romo se interpone en mi camino a la puerta.

—Ahora no puedo. Tengo que ir a casa de Chino.

Prefiero no explicarle mis sospechas. Si las verbalizo las haré más reales. Deseo estar equivocada.

Antes de salir de comisaría, corro al calabozo. Chino está tumbado en el suelo, hecho un ovillo, cubierto en sudor.

—¿Dónde está tu madre?

—En el pueblo —me dice con un hilillo de voz.

—Acabo de hablar con tu tía. ¿Qué le has hecho a tu madre, Chino?

—Un pico, jefa. Un pico y se lo cuento todo.

La puerta de la casa de Marcelina cede a la primera patada que le propina el oficial López. Las calidades de las construcciones de San Blas no dan para mucho más. Un hedor putrefacto nos golpea la cara, traspasando los pañuelos con los que toda la patrulla nos protegemos la nariz y la boca. Avanzo hacia la cocina con la idea de aguantar la respiración todo lo que pueda. La nevera sigue allí, sobre un charco de líquido parduzco en el que chapotea un puñado de moscas. Agarro el asidero de la puerta. Noto las sienes a punto de estallar. ¿Cuánto puedo aguantar sin respirar antes de desmayarme? Con todo, temo que el olfato no sea mi sentido más dañado. Me espanta lo que, creo, estoy a punto de ver. Subo el pañuelo a la altura de los ojos. Quiero difuminar con los bordes de la tela blanca otra estampa espeluznante, una más a sumar al álbum de horrores almacenados en mi cabeza, como el cuerpo de Poldo empalado en el cine Simancas o el de Matos, aún caliente, en el suelo de la escuela de teatro. Abro la puerta del frigorífico. Ahí está Marcelina. Inmóvil, encajado su cuerpo en extraña contorsión, con el rostro corrupto y deshecho, de un tono entre verdoso y azulado. Es el color de la putrefacción. Cerca de lo que se adivina que fue su boca se retuerce un gusano blancuzco. Me fallan las piernas. Una arcada me bloquea la garganta. Cierro la nevera de golpe. Saco la cabeza por la ventana y, al fin, cojo aire.

25

Chino está sentado de nuevo frente a mí en la sala de interrogatorios. Useros y López lo han traído a rastras, apenas es capaz de mover las piernas. Se han quedado los dos sujetándole, cada uno a un lado de la silla. De lo contrario, se caería al suelo.

—Le juro que un día llegué a casa y me la encontré muerta, jefa —me dice, entre jadeos—. Yo no le hice nada.

La ansiedad domina su voz y también su cuerpo. Le tiembla todo, desde los pies a la cabeza, no solo las manos. El sudor que sale de cada poro de su piel empapa su ropa.

—¿Por qué la escondiste en la nevera?

Por un momento sonríe. Sus ojos, ennegrecidos por la dilatación de las pupilas, se clavan en mí. Es una mirada animal, no parece humana. El mono tiene varias fases, está entrando en la de la agresividad.

—¿Usted qué coño cree, jefa? ¿No es tan lista? Adivine.

Useros le borra la insolencia de un sopapo. Chino recibe el golpe como si se fuera a romper en dos.

—Aquí las preguntas las hacemos nosotros. —Le coge de la pechera y le zarandea—. ¿Me has oído?

—Suéltalo —le recrimino.

Le suelta de un empujón, estampando su espalda contra el respaldo de la silla. Chino está a punto de caer. Cuando se recompone, vuelvo al ataque.

—Cuanto antes hables, antes terminamos.

—Primero un pico.

Useros levanta el brazo para golpearle de nuevo.

—Para —le ordeno, y me dirijo a Chino—. Si no colaboras va a ser peor. Si no la mataste tú, ¿por qué la escondiste en la nevera?

—¡Por la pensión, coño! ¡Por la pensión! —Chino rompe a llorar—. ¿De qué voy a vivir sin la pensión de mi madre?

Se tapa los ojos y se dobla sobre sí mismo. Musita entre jadeos: «Me quiero morir, me quiero morir», como una letanía apenas audible. No sé cómo era Chino antes de convertirse en drogadicto, le conocí ya enganchado, pero lo que tengo ante mis ojos apenas es el espectro del yonqui con el que me he relacionado siempre. Es un despojo. «Mierda de droga», que diría Marcelina.

—¿Cuándo murió tu madre?

—Me encuentro mal, jefa...

—¿Cuándo murió? —insisto, tajante. Chino me da lástima, pero tenemos que llegar al fondo del asunto.

—No sé... En invierno.

—¿Invierno de qué año?

—De este, ¡joder!

Rompe a llorar de nuevo, aunque no le quedan lágrimas. Después de unos segundos, empieza a largar, quizá en un atisbo de lucidez o tal vez de simple desesperación. Quiere acabar de una vez. El interrogatorio le está resultando una tortura. Tal vez lo sea. Afrontar mis preguntas en medio de un cuadro de abstinencia escapa a las capacidades de cualquier ser humano. Pero así son las cosas.

—Fue después de las Navidades —me dice—. En enero o febrero, no me acuerdo... Al principio todo iba bien. Luego la nevera se estropeó. Empezó a oler. ¡Olía muy mal, joder! Metía hielo todos los días, montañas de hielo, pero daba lo mismo, seguía apestando.

—Le van a hacer la autopsia, Chino. Si me estás mintiendo, si la mataste tú, lo voy a saber. Y entonces no seré tan comprensiva.

—Yo no le haría eso a mi madre. ¡Era lo único que tenía! ¿Entiende? ¡Puta vida! ¡Puta vida!

Se golpea la frente contra la mesa. Una vez. Dos veces. Useros lo inmoviliza. Para zurrarle ya está él, debe de pensar. Un hilo de sangre asoma en la frente de Chino y le recorre la nariz. Sentir el dolor le ha calmado. Sus ojos pasan de la rabia a la súplica.

—¿Me va a dar el pico o no? Tiene la comisaría hasta arriba de jaco, ¿qué le cuesta?

La droga que decomisamos cada día en el barrio pasa poco tiempo en comisaría. Se suele hacer cargo de ella Servicios Centrales, que la traslada a depósitos, donde es destruida. Pero todos los yonquis del barrio piensan que tenemos almacenes llenos de heroína. Si fueran capaces de organizarse, atracarían la comisaría como hacen con las farmacias. Un ejército de zombis al asalto, a sangre y fuego, en busca de su próxima dosis.

Hago un gesto a los agentes para que se lo lleven. Useros le coge de las axilas y le pone en pie con brusquedad.

—No le pongas la mano encima, ¿estamos?

—Como quiera, *jefa.* —Le suelta y Chino cae al suelo, a plomo. Las piernas ya no le funcionan—. Las hostias se las pega él solo.

Useros se ríe de su propia gracia. López recoge a Chino del suelo.

—Mételo en una celda sin nadie más y échale un ojo de vez en cuando —le digo. No quiero que vuelva a autolesionarse—. Y tú, Useros, vete a casa. Vas pasado de horas.

Son casi las tres de la tarde y tengo que ir al barrio de Salamanca a dar el relevo a Romo. Antes de marcharme debo dejar listo el informe con el que poner a Chino a disposición judicial. Mientras lo redacto a toda prisa en la Olivetti del despacho, la mente se me va a Marcelina. La pobre murió sin ver cumplido su deseo de que su hijo pasara a mejor vida antes que ella. Murió y Chino ocultó su cuerpo en una nevera vieja para pulirse en jaco las tres pesetas que cobraba de pensión. «Mierda de droga». Otra historia de horror del barrio. San Blas no me queda pequeño, como me dijo Puente ayer. La policía, las autoridades, el Estado, todos somos enanos comparados con la miseria que ha traído la heroína a San Blas. La miseria de dejar pudrir el cuerpo de una madre en la cocina de casa. La miseria que se está llevando por delante a toda la generación de Chino. Hijos de los emigrantes que llegaron a Madrid en busca de un futuro y que se van al otro barrio con el lomo partido de tanto trabajar y la angustia de saber que sus hijos no tienen siquiera presente.

Suena el teléfono. Dudo si contestar. Tal vez sea Puente. No puedo atender ahora más complicaciones, tengo que marchar cuanto antes al barrio de Salamanca. Sigue sonando.

Quizá no sea Puente. El sentido del deber me hace descolgar. Mierda de sentido del deber. Si es Puente, le cuelgo. La telefonista me informa por línea interna. El que llama es mi padre.

—Me has dejado plantado, hija.

Me llama desde La Ancha, su voz envuelta en sonido de platos y barullo de clientela de restaurante fino pero animado. La comida de los martes.

—No sé en qué día vivo, papá. Lo siento.

—Todavía estás a tiempo de venir.

—No puedo. Tengo un asunto entre manos.

—¿Tan importante es que no puedes parar ni a comer?

No podría comer ni aunque estuviera sentada a la mesa con él. La visión de Marcelina, encajada en la nevera, en descomposición, me quitará las ganas de echarme nada a la boca durante un par de días.

—Trabajas demasiado, hija —me advierte.

Desde que se separaron, mis padres pocas veces han estado de acuerdo en nada. Una fue con mi tardía vocación de policía, incomprensible para los dos, aunque mi padre tratara de disimular su decepción. Otra es esta repentina preocupación que comparten ambos por las horas que dedico al trabajo.

—Solo cumplo con mi deber, papá. Es lo que siempre me has enseñado.

—Tu deber es también cumplir con tus compromisos. Habíamos quedado. Los martes son sagrados, Matilde.

—Igual podemos vernos mañana.

—No, déjalo. Yo también estoy muy ocupado. Nos vemos el domingo en la comunión. ¿Has dado con la pista buena?

—¿Qué pista?

—Del asunto del cine Simancas. El hijo de Marchesi no tiene nada que ver con eso. Espero que te lo hayas quitado de la cabeza.

—No estoy con eso ahora.

En mi teléfono parpadea una luz. Me está entrando otra llamada. Parece que el universo se ha puesto de acuerdo para no dejarme salir de comisaría. Me despido, abrupta, de mi padre. La telefonista me informa de que quien llama es Romo. Y es urgente.

—¡Matilde, estoy en Aravaca, tienes que venir! —Romo habla acelerado, no me deja ni preguntarle—. Llamo desde una cabina. Tengo que volver a la casa. ¡Ven, rápido!

Cuando anoche preparamos el seguimiento, le dije que no usáramos la radio del coche para comunicarnos en ninguna circunstancia. Después de mi incidente con Puente me considero fuera del caso, no puedo arriesgarme a que en comisaría se enteren de nuestras pesquisas.

—A ver, Romo, respira. ¿De qué casa estás hablando?

—Un chalet de tres plantas, a doscientos metros de la carretera de La Coruña. He seguido a Marchesi hasta aquí.

—¿Y qué hace ahí?

—No lo sé. Pero ha aparcado junto a otro coche, adivina cuál.

Un chute de reafirmación estalla en mi cabeza y demora mi respuesta. Tenía razón. Marchesi es el hilo del que tirar. Parece que el día se puede arreglar.

—El Renault Fuego robado —le digo, al fin.

Anoto la dirección, arranco del carro de la Olivetti el expediente a medio terminar y salgo de mi despacho a la carrera. Me cruzo con López, que viene del calabozo. Le tiendo los papeles del caso de Chino y le pido que los termine él. También le paso los datos del chalet para que compruebe a quién pertenece.

Useros llega del pasillo tomando su enésimo café.

—¿Le puedo ayudar, *jefa*?

—¿Todavía estás aquí? Vete a casa.

Me ve marchar con un interrogante en sus ojos. Según salgo por la puerta oigo cómo descuelga el teléfono de su mesa. Presiento que está a punto de hacer una llamada que me va a complicar la vida.

26

Aravaca es una zona residencial del norte de Madrid. Uno de esos pueblos que engulló el crecimiento desbocado de la capital después de la posguerra y que ahora está repleto de chalets donde vive gente de dinero. Está cerca del Club de Campo, conozco bien el entorno. Cojo la M-30 en dirección a la carretera de La Coruña. Es hora punta. Miles de personas vuelven a casa después del trabajo. Descarto colocar la sirena, no quiero llamar la atención. Conduzco todo lo rápido que puedo, adelantando por la izquierda o la derecha, al límite de lo razonable, muy por encima de la velocidad permitida. Dicen que los policías conducimos de forma agresiva. En mi caso es cierto.

Son casi las cuatro cuando atisbo el 131 de Romo. Está aparcado en una esquina desde la que se divisa media docena de chalets. Junto al más grande de todos están estacionados el Mercedes de Marchesi y el Renault Fuego amarillo. La parcela se adivina generosa, aunque está oculta tras un seto. Las ventanas de la casa que quedan a la vista, solo las del piso superior, tienen las persianas bajadas. Compruebo que no cuenta más que con una cancela de entrada y aparco a cierta distancia. Me apresuro a meterme en el coche de Romo.

—Ningún movimiento desde que hemos hablado —me dice.

—¿Hay alguien más dentro, aparte de Marchesi?

—No lo sé. No he visto a nadie. —Romo coge un cigarro y me ofrece otro—. Estoy canino. Pensaba que me traerías algo de comer.

—No he tenido tiempo. Chino la ha montado pero bien.

Le cuento lo sucedido. Asegura que ya sabía él que Chino escondía algo. Pero los dos sabemos que no sabía nada.

—Luego se quejan si digo que la mitad de los vecinos de San Blas son delincuentes —concluye.

Pasamos los siguientes minutos en silencio. Me planteo escenarios. Si sale Marchesi, Romo se encargará de seguirle y yo me quedaré vigilando la casa. Si salen los tres del Renault Fuego —no es de extrañar que estén dentro con él—, nos encargaremos de ellos los dos. En otras circunstancias pediría refuerzos, pero ahora no puedo arriesgarme. Todo el operativo con Romo es irregular. Necesitamos detenerlos nosotros mismos, apuntarnos ese tanto antes de que ningún superior se entere de nada y nos imponga medidas disciplinarias. Compruebo el estado de mi PK 9 milímetros y la devuelvo al cinturón. Romo hace lo mismo con la suya. Y luego rompe el silencio.

—Tengo algo que contarte.

Mi atención está puesta en la casa. Romo suspira.

—¿Me estás escuchando? —insiste.

Sería imposible no hacerlo.

—Dime.

—He estado pensando mucho esta noche, ¿sabes?

Una furgoneta dobla la esquina y se acerca. En lo que llevamos allí ya han pasado de largo dos coches y una moto.

—Yo nunca he sentido por nadie lo que siento por ti —prosigue.

La furgoneta pasa junto a nosotros. No veo quién la conduce. Tiene las lunas tintadas.

—Matilde, ¿haces el favor de mirarme?

—Hablamos luego, Romo. No es el momento.

La furgoneta pone el intermitente. No sé si quiere torcer o aparcar.

—Voy a dejar a mi mujer.

Me vuelvo a Romo. Ahora sí tiene mi atención plena. Su mirada es solemne e intensa. Me daría ternura si no tuviera ganas de abofetearle.

—Tú no vas a dejar a nadie.

—He hablado con ella esta mañana. Le he dicho que hay otra persona.

—¿¡Le has contado lo nuestro!?

—No le he contado que fueras tú.

Sabía que esto podía pasar. Lo he sabido siempre. He estado jugando con fuego. Mis mejillas se encienden. Siento ira. Grito.

—¡Tienes que volver con ella, ¿me oyes?!

La decepción asoma en sus ojos.

—Pero ¿por qué te enfadas?

—Pensaba que los dos lo teníamos claro. Tú y yo no podemos ser nada más que lo que ya somos. Y ahora, ni eso.

—No hay vuelta atrás, Matilde. Estoy enamorado de ti.

Me dice que no puede mirar a su mujer sin sentirse un mierda. Así es exactamente como me siento yo ahora mirándole a él. Una mierda. Romo me agrada, le tengo cariño.

Despierta sentimientos en mí, pero no los que él demanda. ¿Por qué me habré tenido que enrollar con un tío casado? ¿Cómo he acabado aquí? ¿Qué estoy haciendo con mi vida?

Me coge de la mano.

—No quiero esconderme más, Matilde. Quiero estar contigo, que el mundo lo sepa. Prométeme que lo pensarás.

Unos nudillos en mi ventanilla rompen el momento.

Son los de Ballesta, el inspector de la Brigada Antigolpe. Detrás de él está Reverte, su compañero.

La furgoneta, claro.

No los he visto acercarse.

Mierda.

—¿Interrumpo algo, Liébana?

Suelto la mano de Romo.

Ballesta me hace el gesto para que baje la ventanilla.

—Te dijimos que lo dejaras correr.

—¿Seguís a Marchesi o me seguís a mí?

Ballesta ignora mi pregunta. Mira a Romo por encima de mi hombro.

—¿Te la estás tirando? A tu suegro no le va a gustar.

—Estamos siguiendo una pista —le contesta Romo.

—Los cojones estáis siguiendo.

Romo intenta abrir la puerta, pero Reverte, que ha rodeado el coche, se lo impide con todo el peso de su cuerpo. Romo forcejea, pero es en vano.

Ballesta se acoda en mi ventanilla. Huelo su aroma a Varón Dandy.

—A tu comisario tampoco le va a gustar que vayas por libre. Te vas a caer con todo el equipo, Liébana.

En ese momento se abre la cancela del chalet. La atraviesan Marchesi y tres chicos altos y fuertes a los que ya he visto en otra ocasión. Dos son morenos, uno es rubio y tiene una cicatriz que le parte una ceja en dos. Los tres del Renault Fuego. Por un momento, se quedan paralizados mirando la escena que representamos Ballesta, Reverte, Romo y yo. Somos dos lienzos colocados frente a frente. No me hace falta la clarividencia de mi padre para dar por seguro que estoy ante tres asesinos y un inductor de asesinato. Tampoco creo que ni a los tres jóvenes ni al notario les haga falta ningún poder sobrenatural para adivinar que lo que tienen enfrente es un problema. Marchesi me reconoce y mira a Ballesta. Parece que busca una respuesta, pero el inspector de la Brigada Antigolpe solo acierta a encoger levemente los hombros. Poca información para Marchesi, la suficiente para mí. Se conocen de antes. Aprovecho ese instante de indecisión para tomar la iniciativa. Abro la puerta del coche súbitamente, golpeando con ella a Ballesta. Salto al asfalto y saco mi arma.

—¡Policía! ¡Manos detrás de la cabeza!

Ballesta se interpone entre ellos y yo.

—¿Dónde crees que vas? —me grita.

Oigo a Romo abrir su puerta.

Marchesi y los tres jóvenes corren a sus coches, cada uno al suyo.

—¡Aparta! —ordeno a Ballesta.

Pero es él quien me aparta de un bofetón con el revés de la mano. Siento un pitido en los oídos y el sabor metálico de mi sangre en la boca. Aguanto en pie a duras penas, pero no es el golpe lo que más me duele, sino ver a los tres chicos meterse en el Renault Fuego. Los tengo a menos de diez metros y se me van a escapar. Otra vez. Ballesta se acerca con intención de golpearme de nuevo. Me tiene ganas. La ira le hace descuidar el flanco por el que Romo se abalanza contra él y lo tumba de un puñetazo en el mentón. Reverte acude en ayuda de su compañero, pero, aún tambaleante, le apunto con mi pistola.

—¡Quieto!

Reverte no parece asustarse. Disparo al aire. El sonido de la detonación se impone al pitido que aún adormece mis oídos tras el tortazo de Ballesta. Me insufla fuerzas, me hace sentir poderosa. Me yergo.

—¡Tu arma, al suelo! —le ordeno tras apuntarle de nuevo.

Reverte duda. Me está haciendo perder segundos preciosos. Oigo arrancar el Renault Fuego. Vuelvo a disparar, pero ahora al suelo, a dos metros de sus pies. Reverte agarra su arma con dos dedos y la lanza cerca de mí, justo en el momento en que los asesinos de Poldo pasan en su coche por delante de nosotros, quemando rueda.

—¡Rápido, al coche! —le digo a Romo.

Alejo el arma de Reverte de una patada y Romo y yo nos metemos en el 131. Arranco y salgo en persecución del Renault Fuego. Nos sacan casi cien metros. Por el retrovisor veo a Reverte atender a Ballesta, que sigue tirado en el suelo. Marchesi intercambia unas palabras con él.

—¡¿Qué coño está pasando?! —me pregunta Romo.

—Están todos conchabados.

—¿Todos? ¿Quiénes?

—Todos. Marchesi, la Brigada Antigolpe y puede que Puente.

La cabeza me va a mil. Durante unos segundos pierdo de vista el Renault Fuego. A la altura de la entrada a la autopista A6 lo vuelvo a ver. Va en dirección Madrid. Pongo la sirena en el techo. Lo primero es detenerlos, no pienso dejar que se me escapen de nuevo. Ya daré las explicaciones que tenga que dar. Al comisario, a Puente o al mismo ministro del Interior, me da igual. Piso a tope, estiro las marchas. El Renault tiene más potencia que el SEAT 131 de Romo. El tráfico es menos intenso que antes, pero aun así juega a mi favor. El Renault Fuego tiene que dar un frenazo para no chocar con el coche que lleva delante y cambia de carril de golpe. Recorto la distancia, estoy apenas a veinte metros. Diviso las tres cabezas de los chicos que van en su interior. El que va sentado en el asiento del copiloto baja la ventanilla, saca medio cuerpo y nos apunta con una pistola. Es el rubio. Nos agachamos instintivamente. Después de dos disparos vuelvo a subir la cabeza. Esquivo por centímetros un coche que se ha detenido en el arcén. El Renault Fuego nos vuelve a sacar distancia. Meto tercera y piso a tope. Romo saca su arma y baja la ventanilla.

—¡No dispares!

—¿Qué quieres, que nos maten?

—Hay mucho tráfico, podemos herir a alguien.

Nos acercamos a Moncloa, la autopista se acaba. El Renault Fuego solo puede seguir recto hacia Plaza de España o torcer a la izquierda hacia Cristo Rey. Un nuevo frenazo para evitar un impacto con una furgoneta les hace perder el control. Las ruedas de atrás derrapan y el coche sale despedido contra el arco de la Victoria. Después de dos vueltas de campana se estampa contra uno de los pilares.

Freno en seco. El Renault Fuego ha quedado bocabajo. Del motor sale humo. Romo y yo bajamos a tierra y empuñamos nuestras armas. Dos de los chicos salen del coche, a duras penas. Los dos cojean. Uno tiene la cara ensangrentada.

—¡Alto o disparo! —les grito.

El rubio ha quedado atrapado en el asiento del copiloto, cuello doblado, con la cabeza aplastada en el techo, todo el peso de su cuerpo sobre el pescuezo. Dejo a Romo con los otros dos y me acerco al Renault Fuego. El chico apenas me mira. Jadea con estrépito. Todo su afán es llegar a su pistola, que ha quedado tirada en el techo del coche, debajo del volante, al alcance de su vista, pero no de sus manos. Rodeo el coche, meto el brazo por la ventanilla de conductor y cojo el arma. Es una Beretta plateada. La envuelvo con un pañuelo. El rubio se sabe indefenso, su cuello se destensa. El humo del capó es cada vez más denso. El coche puede explotar en cualquier momento. Me guardo su arma en el bolsillo y me acerco a su puerta. La abro con mucho esfuerzo después de tres intentos. Las vueltas de campana han deformado la estructura.

—Fuera del coche.

—Vete a mamar, zorra.

—¿Quieres estar dentro cuando explote?

Le agarro de la camiseta y tiro de él hacia fuera.

Oigo sirenas al fondo. Se acercan varios zetas. Quizá una ambulancia.

—Mételos en el coche —le digo a Romo.

—¿No esperamos refuerzos?

—¡Te he dicho que los metas en el coche!

Romo se lleva a los dos morenos a empujones. Yo me encargo del rubio.

Si espero a que lleguen los zetas no me van a dejar hablar con ellos. Tengo que sacarles la confesión antes de que me quiten el caso y quién sabe si la placa.

Metemos a los tres en el asiento trasero del 131. Romo les apunta con su arma desde el asiento del copiloto.

—Ojo con hacer cualquier tontería o mi compañero os revienta.

Romo asiente, pero está tan desconcertado como los tres de detrás.

Piso a fondo y dejo detrás el arco de la Victoria.

Dirección: San Blas.

Suena una explosión.

Por el retrovisor veo el Renault Fuego en llamas.

27

—¿Dónde estabais la noche del sábado 8 de mayo?

El zumbido del fluorescente del techo realza el silencio que sigue a cada pregunta. Javier Reviejo, Felipe Quílez y Víctor Bravo, así se llaman los tres jóvenes que llevo semana y media buscando. Todos tienen antecedentes por peleas y desórdenes públicos. Javier, el rubio, tiene veintiséis años y perteneció al partido ultra Fuerza Nueva hasta su disolución el año pasado. Los otros dos tienen veintidós y no tienen filiación política conocida, aunque sus botas militares y su corte de pelo no dejan lugar a muchas dudas. Los tengo frente a mí, esposados, en la sala de interrogatorios. Es la tercera vez que la piso en lo que va de día. Me acompaña Romo. Por suerte, al llegar no me he cruzado con el comisario. No he tenido que informarle ni de quiénes son ni de cómo los he detenido.

Javier me mira desafiante.

—No vamos a hablar. Tenemos derecho a un abogado.

Los otros dos agachan la cabeza. Es su manera de dejarme claro que obedecen al líder.

En realidad, no solo necesitan un abogado, también un médico. Los tres tienen contusiones por todo el cuerpo. El rubio, además, una brecha en la cabeza. Mi deber es proporcionárselos, pero un deber mayor me empuja en otra dirección. Calculo que me quedan pocos minutos antes de que lleguen a la comisaría noticias de la persecución en la carretera de La Coruña y de mi enfrentamiento con la Brigada Antigolpe. Los minutos que tengo para arrancarles una confesión y unir la muerte del cine Simancas con la del hijo del notario. El chalet de Aravaca es propiedad de Marchesi, lo ha comprobado López. Necesitaría hacer un registro allí, otro en la casa del notario de Claudio Coello y un tercero en la notaría. Pero me temo que, si esos registros llegan a hacerse algún día, yo no voy a estar presente.

Vuelvo a oír el zumbido del fluorescente, roto a intervalos por unos aullidos que llegan de los calabozos. Chino sigue pasando el mono. Son gritos de desesperación, está en el momento de mayor sufrimiento.

Planto en la mesa una fotografía del cadáver de Poldo en la escena del crimen.

—Lo conocéis, ¿verdad?

Solo Javier, el rubio, aguanta la mirada. Los dos morenos giran la cabeza. Felipe, el que tengo a mi derecha, se revuelve incómodo en la silla.

—Claro que lo conocéis, lo matasteis juntos. —Pongo ante ellos las fotos de Matos y Greco—. Igual que a estos dos.

El rubio me mira a la cara y esboza media sonrisa.

—¿Te hace gracia? ¿Meterle el bate por el culo a Poldo fue idea vuestra o del que os encargó matarlo?

Felipe protesta:

—Nosotros no hemos hecho nada.

—Calla —le dice el rubio.

—Tú se lo metías y estos dos sujetaban, ¿a que sí?

Silencio.

—¿Y las pintadas con sangre? —continúo—. ¿Eran parte del plan o se os ocurrieron sobre la marcha?

El rubio no me contesta, se limita a sonreír de nuevo. Es duro de roer, los otros no. Si pudiera interrogarlos por separado tendría más opciones de sacarles algo. Por desgracia, no tengo tanto tiempo.

Los aullidos de Chino aumentan, son agudos y largos. Me recuerdan a los gritos de un cerdo un día de matanza. De niña los escuché una vez. Mi padre me llevó con él a una finca de Extremadura donde le habían invitado a una cacería de perdices. Allí, además de un coto de caza enorme, había una explotación ganadera. Cuando el organizador del evento se enteró de que el matarife había arribado a la finca, pensó que ver desangrar vivo a un gorrino sería un espectáculo digno para todos los que nos habíamos desplazado desde de la ciudad. Me pasé varios meses muerta de miedo, agarrada cada noche a la mano de mi padre, que se sentaba a mi lado, junto a la cama, hasta que me quedaba dormida. Ese mismo pánico causan en Felipe los gritos que llegan desde el calabozo.

—¿Qué coño es eso? —escupe, labios temblorosos.

—Lo que les sucede a los que no colaboran.

Romo me lanza una mirada. Me ha oído hablar en contra de los malos tratos en comisaría, no es propio de mí amenazar con semejante farol. Aunque tal vez no sea un farol. Empiezo a pensar en ello como una posibilidad real. Ya he contravenido muchas reglas, una más no supondría mucha diferencia. Tengo que apretarles o todo habrá sido en vano.

—¡Nosotros no hemos hecho nada, joder! —se lamenta Felipe.

—¡¿Cómo tengo que decir que te calles?! —El rubio le levanta la voz. Y, a continuación, me mira amenazante—. Tú no sabes con quién estás hablando, se te va a caer el pelo.

Romo da un golpe en la mesa.

—Cuidadito con lo que dices. A la inspector le hablas con respeto.

El rubio me escupe en la cara.

Me levanto de la silla y doy una patada a la suya. Se cae para atrás tan largo es. Mi única bala es la confesión. Le pongo bocabajo. Las esposas no le dejan capacidad de resistencia. Le inmovilizo y coloco la rodilla sobre su espalda, cerca del cuello. Aprieto. Estoy fuera de mí, no me reconozco.

—Os lo encargó Marchesi, ¿verdad?

El rubio no contesta. Aprieto más fuerte.

—¿Dónde está el paquete que os llevasteis de casa de Matos? ¿Qué había dentro? ¿Fotos del hijo de Marchesi follando con Poldo?

Al rubio le cuesta respirar. Pongo todo el peso del cuerpo sobre su cuello. Me vuelvo a los otros dos.

—O empezáis a largar o vuestro amigo no sale vivo de aquí.

—¿No le has oído? —protesta Felipe—. ¡Se te va a caer el pelo!

—La autopsia dirá que ha muerto a causa del accidente de coche. Tengo amigos en el Anatómico Forense. Puedo hacerlo.

Felipe y el otro se miran. El rostro del rubio se torna morado. Los tengo a punto de caramelo.

La puerta se abre de golpe.

Irrumpe Puente. Detrás de él entra el comisario Morate. Se acabó.

—¡Te has vuelto loca, Liébana! ¡Os habéis vuelto locos los dos!

Dos venas retorcidas y azules engrosan las sienes de Morate. Las tengo a pocos centímetros de mis ojos. Estoy con Romo en su despacho. Puente, también presente, me lanza una mirada gélida por encima del hombro del comisario. Entre grito y grito de Morate se cuelan desde el calabozo los aullidos de Chino. No hay lugar en toda la comisaría libre del sonido de su desesperación.

En un minuto he pasado de apretar el cuello del rubio a sentir el mío y el de Romo en peligro. Y, a diferencia de entonces, nadie nos tiene que sacar una confesión. Nuestros cargos están claros y nuestra culpa es indubitada. Hemos actuado a espaldas de nuestros superiores, de todos ellos. Hemos interferido en una supuesta investigación de los *compañeros* de Antigolpe, con los que nos hemos enfrentado físicamente. De hecho, al parecer, Romo le ha roto la mandíbula a Ballesta. Esa es la única buena noticia que he recibido en este despacho. Hemos esparcido el caos en la carretera de La Coruña y hemos provocado un accidente de tráfico. Hemos dejado un coche ardiendo bajo el arco de la Victoria. Y hemos detenido e interrogado a sus tres ocupantes saltándonos los procedimientos.

—Se nos ha ido de las manos, comisario. —La lengua de Romo se resiste a quedarse quieta.

—¡Hazte un favor y calla la boca! —le ordena Morate.

Romo agacha la cabeza.

—De ti me espero cualquier cosa, y más si es para echar un polvo. —El comisario fija sus ojos en mí—. Pero a ti, Liébana, te hacía más lista. De esta no te salva ni tu padre.

Que el comisario hable de mi relación con Romo me lo tengo que tragar. Hay que aceptar las consecuencias de lo que una hace. Pero que miente a mi padre me revuelve. Nunca he utilizado su influencia como magistrado de la Audiencia Nacional para conseguir nada. Tampoco lo voy a hacer ahora.

—¿Qué coño pensabais que estabais haciendo? ¿Qué esperabais que pasara?

—Son los asesinos de Poldo y de otras dos personas —me defiendo con una evidencia.

Morate me remata con dos:

—Eso hay que demostrarlo. Y, si lo son, por vuestra culpa lo mismo hay que dejarlos en la calle.

La detención ha sido irregular, solo por eso pueden salir indemnes. Además, el rubio y sus compinches tienen a quien les proteja dentro del cuerpo, al menos Ballesta y su equipo.

—El notario los tenía ocultos en una casa de su propiedad. Los de Antigolpe lo sabían y nos lo ocultaron. A Puente y a mí.

—Están en mitad de otra investigación, Liébana —Puente, al fin, interviene—. Nos avisaron.

—Nos engañaron —le replico—. Dijeron que Marchesi no tenía nada que ver con la muerte de Poldo. Además, se conocen. Ballesta y Marchesi se conocen. Antigolpe lo está protegiendo. Y tú también. La pregunta es por qué.

Puente, suficiente, suelta un bufido y niega con la cabeza.

—¡Aquí las preguntas las hago yo! —grita Morate.

Las venas de sus sienes parecen a punto de estallar.

Un nuevo aullido de Chino hace retumbar nuestros tímpanos. El comisario abre la puerta y grita al exterior.

—¡Que alguien se lleve al puto yonqui de una vez!

Vuelve a cerrar de un portazo y toma aire. Está cansado, ha dado demasiados gritos, incluso para lo que es habitual en él.

—Estáis suspendidos de empleo y sueldo. Los dos. Y ya veremos si no os expulsan del cuerpo. Fuera de mi vista.

Morate se dirige a su escritorio y da por terminada la reunión.

Romo y yo estamos acabados. Salimos del despacho. Puente lo hace detrás de nosotros.

—Dime una cosa —le inquiero—. El callo que hemos pisado con Marchesi es gordo, ¿verdad?

—Dímelo tú.

—¿Estás compinchado con los de Antigolpe o solo les tienes miedo?

—Piensas que lo sabes todo, pero no tienes ni puta idea. Te lo dije en el aparcamiento la última vez que nos vimos.

Puente ordena a sus hombres que vayan a por el rubio y los otros dos. Se los van a llevar a Servicios Centrales, quién sabe si para sacarles una confesión o para hacer un paripé y luego soltarlos. La he cagado. La he cagado pero bien.

Camino de la consigna, donde Romo y yo debemos entregar la placa y el arma, siento el peso del fracaso. Me he quedado sin caso y, seguramente, sin trabajo. El funcionario a cargo se lleva al almacén la pistola y la placa de mi compañero. Deposito las mías en el mostrador. Romo aprovecha que al fin estamos a solas y posa la mano en mi brazo.

—Esto igual es una oportunidad, Matilde.

—¿De qué estás hablando?

—Podemos empezar una nueva vida juntos. No tengo trabajo ni familia, solo a ti. No tenemos nada que perder. ¿Qué me dices?

Si tuviera corazón me pondría a llorar. Pero solo tengo ganas de salir corriendo. Siento que le he destrozado la vida. Un fracaso más para añadir a mi expediente.

López y Useros aparecen al final del pasillo. Traen esposado a Chino, con las manos por delante, lloroso, renqueante, apisonado por horas de ansiedad y abstinencia. Se ha mojado los pantalones; los yonquis suelen hacerse pis encima cuando pasan el mono. Por fin lo conducen ante el juez. Me pregunto cuántas horas seguidas de servicio encadena Useros. Una mirada burlona despunta detrás de sus ojeras. Ya no tiene *jefa.* Detrás de ellos, a unos metros, asoman el rubio y los otros dos, que escoltan Puente y sus hombres. Después de un día frenético en comisaría, los calabozos se quedan vacíos. Useros intercambia unas palabras al oído con Puente, y ambos me miran. Lo veo claro. Él le dio el aviso, a él o a los de Antigolpe, de que algo pasaba cuando salí en dirección a Aravaca. Puente está en el ajo y Useros es el infiltrado de la trama policial en mi comisaría. Conmigo fuera de juego podrá irse al fin a su casa a descansar.

En el momento en que Puente me da la espalda para hablar con sus tres detenidos, Chino propina un cabezazo a Useros y le arrebata el arma que lleva sujeta al cinto. Todo es muy rápido, pero lo vivo a cámara lenta. Chino apunta a todas partes en busca de un objetivo. Al instante da conmigo.

—No me lo merezco, jefa —musita, casi inaudible.

El rubio me mira y sonríe.

Puente se gira y, al fin, se percata de la situación.

Romo da un paso al frente y se interpone entre mi cuerpo y la bala.

Suena la detonación y cae a plomo.

El impacto le ha dado en la cabeza.

Decido no mirar su cuerpo, que adivino tendido junto a mis pies. Mis ojos están pendientes de Chino. De su boca desdentada, de su sonrisa que estrecha sus ojos, de su mirada lúcida, como siempre, a pesar de su estado, pero también llena de odio, quizá debido a esa misma lucidez. Me odia a mí por haberle negado un pico, odia al resto de los policías que están conmigo en el pasillo de comisaría por haberle encerrado en un calabozo para pasar el mono a pelo y, sobre todo, odia una vida, la suya, miserable y sin esperanza de mejora. Una vida en la que sus ansias de droga no le dejan sentir apenas lástima por su madre, a la que metió muerta en una nevera para seguir cobrando su pensión. Una vida que no merece la pena ser vivida.

Mi mano derecha coge del mostrador de la consigna la PK 9 milímetros y vacío medio cargador en su cuerpo.

28

Es difícil contar lo que pasa cuando no sabes si lo que estás viviendo es real, es un recuerdo que te asalta o, tal vez, una mera invención de la imaginación. O, quizá, todo ello junto. Vivencias, memoria y desvaríos comparten espacio en mi cabeza, entrelazados por una misma neblina de irrealidad, como de sueño. Una bruma que me hace flotar, insensible al tacto de mis pies sobre el suelo, pero que, al tiempo, me oprime, no me deja respirar, como si todo el peso del universo descansara sobre mi pecho. Siento un zumbido en los oídos. Han sido muchos disparos. Acabo de matar a Chino. Eso, al menos eso, ha pasado. Lo sé. El rubio y los otros dos, cuerpo a tierra, se cubren la cabeza con las manos. López y Useros me miran con estupor. Romo está tendido en el suelo, sus ojos abiertos. Un charco de sangre avanza lentamente alrededor de su cráneo. Puente tiende la mano hacia mi arma. Podría reunirme con Romo. Lo considero. Una detonación más a la altura de mi sien y todo acaba. Puente dice mi nombre. «Liébana». No lo oigo, el zumbido no me deja, pero lo leo en sus labios. «Liébana». El comisario asoma desde su despacho. Puente da un paso hacia mí, despacio. «Liébana». No tengo arrojo, el arma me pesa. Puente posa la mano sobre mi pistola. Me roza la mano. Siento el tacto de sus dedos. Me viene a la boca el recuerdo de su lengua. Tengo náuseas. Me dejo arrebatar el arma.

Estoy sentada en el despacho de Morate. Por la puerta entran y salen compañeros. Me miran, comentan, alguno se persigna. El zumbido sigue en mis oídos. Al poco, o quizá horas después, llega un juez. He usado mi arma después de haber sido suspendida; tal vez tenga problemas. El juez habla con el comisario, con Puente, con Useros. No oigo lo que dicen. Meten los cadáveres en bolsas y se los llevan.

Mi madre está sentada a mi lado, en mi dormitorio. No sé cuándo he llegado a casa. ¿Ha pasado un día? ¿Dos? Romo está muerto. ¿Dónde está Lucía? Tengo sed. Me levanto. El zumbido no se va. Mi madre me sigue. «Lucía está con su padre». Me tiende una pastilla y un vaso de agua. No quiero. Insiste. Tiro el vaso. El suelo de la cocina está lleno de cristales. He matado a Chino y no siento remordimiento.

Estoy en el sótano de casa. Mi padre me mira con pesar. «Tienes que descansar, Matilde». ¿Cuándo ha venido? En mi cabeza se mezclan unos días con otros. Mi madre le mira a él. Los dos juntos y no discuten. «Vuelve a la cama, hija». Cojo mis cuadernos, los papeles del crimen del cine Simancas, las fotos. Sobre todo las fotos. Poldo empalado. Chao, maricón. Matos inerte, en el suelo. Nicolás. Marchesi. Lo tiro todo a la basura. La mitad se me cae al suelo. Tendría que haberme disparado. Tuve el arma en la mano, me faltó coraje. Mi padre se agacha. «Yo lo recojo». Mi madre me lleva escaleras arriba. Me acuesto. No puedo dormir.

Es de día. «Hija, no vayas». Salgo de casa y cojo el coche. Mi madre se queda en tierra. Los oídos me zumban. Me zumban siempre. Aparco al lado del cementerio de La Almudena. No sé qué camino he tomado desde casa. Junto a un nicho hay un grupo de gente. Useros me ve llegar. Con una mirada avisa al comisario Morate. Todos van de negro. López se acerca. Me coge del brazo, me dice que vayamos a dar un paseo. Mamen, la viuda de Romo, me grita. «Fuera de aquí, zorra». Está llorando. Manolo, su padre, la sujeta. Noto un golpe en la cadera. Estoy en el suelo. Me he caído. Todo es brumoso. Vuelvo a estar en casa. López me tumba en la cama. Mi madre me mete una pastilla en la boca. Me sujeta la cabeza y me hace beber. Me dejo. Duermo.

De repente es domingo. Lo sé porque mi madre se ha puesto el vestido que se compró para la comunión. Mi padre viene a buscarla. Quiero ir con ellos. «No podemos dejarla sola». Mi madre me ayuda a vestir. En la iglesia hay mucha gente. Siento todos los ojos clavados en mí. Lucía corre a abrazarme. Está preciosa con su vestido de gasa. Me parece otra niña, ¿cuánto hace que no la veo? Me muestra un reloj calculadora que le han regalado. El zumbido no se me quita. Hace mucho sol en el Club de Campo. Me sirven un plato de cocochas en salsa verde. No tengo hambre. Estoy sentada al lado de mi hija y de mis padres. Suena una música. Mauro, mi ex, saca a bailar a Lucía. África los mira. Al final ha venido. Tengo sed. Bebo champán. El zumbido se va. La bruma se vuelve amable. Bebo más. Estoy bailando. Me quito los zapatos. El césped está fresco. Mi padre me coge del brazo. «Te llevo a casa». Tengo más sed. Solo quiero bailar. No quiero volver al zumbido. Otra vez hay cristales en el suelo. Lucía me mira. Pero Lucía no es ella, soy yo mirando a mi madre, que baila con el joven juez pupilo de mi padre. Esto ya lo he soñado. ¿Está pasando? Mis pies están machados de sangre. Mis manos también. Estoy en el suelo. Todo se va a negro.

LA RESOLUCIÓN

29

Abro los ojos. La luz me deslumbra. Un par de pacientes, acompañados de sus familiares, esquivan el sol en su paseo matutino por el jardín. Me he quedado dormida. Después de años de insomnio, ahora me echo la siesta sin darme ni cuenta. Me deslizo hacia el extremo del banco, en busca de sombra. En mi regazo resbala un ejemplar manoseado de la revista *Hola*. Es todo lo que me dejan leer. He pedido el periódico alguna vez, pero en la Clínica Doctor León está prohibida la prensa diaria. Solo revistas del corazón. Aquí, en sus constantes ingresos, debió acostumbrarse a leerlas mi madre. Hojeo el reportaje sobre la comunión de los hermanos Francisco y Luis Alfonso de Borbón, tan aristocráticos y, sin embargo, vestidos ambos con trajes de marinero idénticos, como los de cualquier hijo de vecino. Sus padres, Alfonso de Borbón —primo del rey Juan Carlos— y Carmen Martínez-Bordiú —nieta de Franco—, son los divorciados más ilustres de España y, según se dice, no están muy bien avenidos. En las fotos fuerzan sus sonrisas junto a sus hijos y demás familia, pero siempre por separado, nunca comparten posado. Supongo que aquel día tampoco compartieron palabras. Al parecer, la de mi hija no ha sido la única comunión difícil celebrada este año.

Miro el reloj. Las doce menos cuarto. Tengo que bajar la maleta a recepción. En quince minutos me viene a buscar mi madre. Camino de la habitación, hago esfuerzos para mantener recto el rumbo. El zumbido de mis oídos hace tiempo que se fue, pero la bruma sigue en mi cerebro. La medicación me ayuda a estar descansada, no lo puedo negar, pero mi cuerpo ha perdido agilidad y mi cabeza no funciona a la velocidad de antes. Me cuesta pensar. A veces me pierdo en razonamientos sencillos. Siento como si tuviera un agujero en mitad del cráneo. Quiero dejar de tomar las pastillas, pero el doctor me ha dicho que no me las puedo quitar de golpe. Poco a poco.

En las cuatro semanas que llevo ingresada mis pensamientos casi siempre me llevan a Romo. A menudo me viene la imagen de su cuerpo en el suelo, con la cara reventada y la sangre formando un charco en rededor. Otras veces le recuerdo de servicio, con sus ojos posados en mí, su ceño fruncido, tratando de entender, su expresión bonachona. Muchas noches lo veo en sueños. Sigue hablando sin parar.

Hace unos días, y después de mucho tiempo sin hacerlo, me descubrí pensando en el caso. Pese a mi torpeza mental, he conseguido hacer algunas deducciones. En realidad, deducir es una palabra que me queda muy grande en mi estado actual. Digamos que he conseguido unir algunos puntos en mi cabeza. El rubio y sus esbirros mataron a Poldo por algo relacionado con la extorsión a la que sometía a Nicolás. Hasta ahí no tengo dudas. Seguramente Marchesi les encargó el asesinato o, al menos, que le dieran un escarmiento que se les fue de las manos. Es la explicación más sencilla y, por tanto, la más verosímil para que el notario se implicara en su protección, al punto de darles cobijo en su chalet de Aravaca. Algún cabo debió quedar suelto tras la muerte de Poldo porque, tal vez por indicación de Marchesi o tal vez por su cuenta, el rubio y los otros dos decidieron acabar también con las vidas de Matos y del profesor Greco. Desde la clínica no puedo hacer ninguna pesquisa. De hecho, no podría ni aunque me dieran el alta. Después de la detención irregular de los tres asesinos y de mi desobediencia continuada a Puente y a Morate, estoy en proceso de expulsión del cuerpo. Eso me ha comunicado mi madre en una de sus visitas, para lo que se ha saltado, supongo, las recomendaciones clínicas. Si no puedo saber qué pasa en el mundo por la prensa, tampoco debería saber qué pasa con mi expediente disciplinario a través de mi madre. «Lo mejor que te puede pasar es que te expulsen, hija —me dijo—. Ese no es trabajo para ti».

Pensé en llamar a Puente. Al fin y al cabo, el caso es suyo. Pero no quise darle esa satisfacción. Fueran cuales fueran los resultados de sus investigaciones, no me las iba a revelar. Me habría ignorado. Decidí que López era mi mejor opción, por no decir la única. No es mal policía. Ni mal tipo. Le llamé a comisaría. Cuando le dije quién era, bajó la voz. Que los compañeros le escucharan hablar conmigo podría traerle problemas. Entiendo que, para todos en la comisaría de San Blas, seguramente para todo el cuerpo de Policía, soy un agente tóxico. Cuanto más lejos me tengan, mejor. Pese a todo, López fue amable, se interesó por mi salud y se alegró de que me encontrara mejor. No le entusiasmó que le hiciera preguntas sobre el caso, claro.

Temía que ponerme al día me pudiera perturbar, pero supe persuadirle. Le pedí que me contara solo lo que pudiera saber una persona ajena al cuerpo, que imaginara que yo era una periodista y no su antigua jefa. Me confirmó que el rubio y los otros dos eran los asesinos de Poldo. Las suelas de sus botas coincidían con las huellas ensangrentadas de la sala de proyección del cine Simancas. Además, en el registro del chalet de Aravaca habían encontrado las llaves del cine, que arrebataron a Poldo después de matarlo. La implicación de los tres en la muerte de Matos y Greco es evidente. Puente y yo misma los habíamos visto salir huyendo de la academia de teatro de Lavapiés. Los habían ingresado en Alcalá-Meco, donde siguen en prisión provisional, a falta de juicio. De Marchesi, López no sabía apenas nada. Está libre, eso seguro. Cobijar en una de sus residencias a tres asesinos no había sido suficiente para empapelarlo. En el registro se encontró una bolsa de plástico llena de dinero que el notario reclamó como suyo. Nadie pensó, o quiso pensar, que aquel dinero fuera el pago al rubio y sus compinches por el muy probable encargo de asesinato de Poldo. Y sobre el paquete de marras, el que se llevaron de casa de Matos la misma noche del crimen del cine Simancas, había llegado a los oídos de López que su contenido era droga, supuestamente heroína. Al parecer, estaba en el maletero del Renault Fuego el día del accidente en el arco de la Victoria y, por tanto, se había quemado junto al resto del coche.

¡Droga! Eso no tenía ningún sentido. En todas mis averiguaciones sobre la vida de Poldo, nada hacía indicar que tuviera relación con las drogas. Ni consumía ni comerciaba con ellas. Y, lo que es más importante, cuando Poldo dejó el paquete a Matos, le dijo que lo mandara a la redacción de *El País* si en el plazo de mes y medio no tenía noticias de él. ¿Para qué iba a querer Poldo mandar droga a un periódico? Así se lo dije a López, que, al percibirme alterada, dejó de darme información. Me hizo prometer que no diría a nadie que habíamos hablado. Y al momento me colgó.

Desde entonces, y siempre que el aturdimiento que me provocan las pastillas me lo permite, le he estado dando vueltas a todo este asunto. Para tratar de ordenar mis ideas, he empezado a tomar apuntes en unos folios sueltos. En la clínica no me proporcionan un cuaderno; creo que piensan que puedo usar el alambre de la espiral para lesionarme a mí misma o a otros. He escrito los nombres, las fechas, las pistas y los vínculos entre unos y otros. Todas las flechas conducen al mismo sitio: el paquete que Poldo le confió a Matos. Estoy convencida de que no contenía droga, sino información. Seguramente fotos espinosas de su relación con Nicolás o alguna suerte de papeles o documentos que comprometían a Nicolás y por los que Marchesi recurrió al rubio y sus amigos. Sin el paquete y su contenido falta la pieza que lo une todo. Que la versión oficial de la policía concluya que contenía droga y que desapareció en el incendio del Renault Fuego reafirma mis sospechas de que se protege a Marchesi desde dentro del cuerpo. Y que Puente, que es quien está al frente de la investigación, está pringado en la farsa hasta el cuello.

Pasan cuarenta y cinco minutos de las doce cuando mi madre aparece en la recepción de la clínica. Es mucho retraso, incluso para ella. Le ha costado horrores llegar, me dice. Por lo visto, miles de taxistas han colapsado las calles del centro en protesta por la muerte a puñaladas de uno de sus compañeros durante un atraco en el barrio de Orcasitas. Lucía asoma a su lado, nos abrazamos. Está contenta de verme y, sobre todo, de haberme convencido para instalarnos en el nuevo ático de mi madre. He reconsiderado la oferta que me hizo hace unas semanas. Las tres vamos a vivir juntas allí, al menos provisionalmente. Lucía me ha insistido mucho. Ella y mi madre hacen buena pareja y yo aún necesito ayuda. El médico me ha aconsejado evitar la soledad y no ocuparme yo sola de la crianza de mi hija. Todavía no. Poco a poco, también en eso. Además, a decir verdad, no tenía muchas más opciones. Vivir en casa de mi padre no es una posibilidad. No ha venido a visitarme a la clínica ni una sola vez. Me temo que los últimos acontecimientos de mi vida han terminado de decepcionarle. Creo que ha dejado de considerarme una buena hija y, a buen seguro, una buena madre. Mauro, mi ex, vino la semana pasada. Me comunicó que mi padre le había tanteado para que pidiera la custodia de Lucía. Quiere incapacitarme legalmente. Me prometió que, si le concedía el divorcio, se negaría en redondo a tal posibilidad. Por supuesto, y pese a mi mermada capacidad de razonamiento, me negué. Sé de sobra que, en su nueva vida con África, hacerse cargo de nuestra hija, más allá de unas pocas tardes al mes, con divorcio o sin él, está muy lejos de sus deseos. Pero que mi padre me crea incapaz de ocuparme de la niña, que me juzgue de una forma tan severa e inmisericorde, justo ahora que toda mi vida se ha puesto del revés, me hace daño. Mucho daño. Y me resulta desconcertante. He intentado hablar con él, pero no logro que se ponga al teléfono, ni en casa ni en el juzgado. Ni en sus peores temporadas con mi madre, después de la separación, cuando mis hermanos y yo éramos pequeños, cortó relaciones con ella como lo ha hecho ahora conmigo. ¿Por qué es tan duro? En esto no consigo unir los puntos en mi cabeza.

30

El ático de mi madre es espacioso y resulta agradable a pesar de las montañas de cuadros sin colgar, las cajas de la mudanza, aún reciente, apiladas unas encima de otras, y los muebles cubiertos con sábanas, todavía dispuestos sin mucho sentido, en busca de su lugar definitivo. Todas las estancias, incluidos los tres dormitorios, los necesarios para ella, para Lucía y para mí, rebosan de luz natural durante el día, a diferencia de mi estrecho adosado de la colonia de San Vicente. El salón está presidido por una gran cristalera que da paso a una inmensa terraza con vistas a la plaza de Olavide. Allí, a la sombra de un toldo corrido, nos pasamos las tardes las tres. Unas veces jugamos a las películas y otras al *Simon*, un juego de mesa que mi madre le compró a Lucía durante mi estancia en la clínica y que consiste en repetir una combinación creciente de sonidos y colores mediante unas teclas que se iluminan al apretarlas. Casi siempre soy la primera de las tres en equivocarme de tecla y quedar eliminada. Mi cabeza sigue sin funcionar a la velocidad de antes. Cuando Lucía se aburre de ganarnos a su abuela y a mí, bajamos a los columpios de un parque cercano para que se relacione con niños de su edad. Luego, por las noches, duermo del tirón. Las pastillas ralentizan mi cerebro, pero tienen sus ventajas.

Por las mañanas me mantengo ocupada. Ayudo a mi madre a organizar la casa y a abrir las cajas, algunas de las cuales parecen llevar años cerradas, olvidadas en diferentes armarios o trasteros, de mudanza en mudanza, sin que nadie se hubiera interesado por su contenido. Al tercer día de estar allí topo con una de ellas, repleta de álbumes de fotografías, entre los cuales está el de la boda de mis padres. Un enorme cuaderno de tapas de terciopelo que desprenden olor a polvo y a cerrado. En su interior hay dos docenas de fotografías en blanco y negro, de gran formato, separadas unas de otras por láminas de un delicado papel de seda. No veo ese álbum desde que era una niña. En la página central hay un retrato de los dos, agarrados del brazo, ante la iglesia de Getxo donde se casaron, guapos y jóvenes, ella casi una niña, sonriente, con toda la vida por delante.

—¿Has visto lo preciosa que era? —Mi madre me quita el álbum de las manos. Lo mira con nostalgia—. Tenía pretendientes a cientos, y tuve que fijarme en tu padre. Mira si fui tonta.

—Me sorprende que conserves estas fotos. Pensaba que las habrías tirado.

—Anda, guárdalo todo en el aparador. —Mi madre cierra el álbum de golpe—. Ayer hablé con tu padre. Me preguntó por ti.

—No quiero hablar de papá —le contesto, tajante.

—Tenéis que veros, hija. Alguno de los dos tiene que dar el paso.

En todos estos días he procurado no pensar en él y tampoco quiero hacerlo ahora. Su incomparecencia en la clínica y, sobre todo, su intento de arrebatarme a Lucía me siguen provocando dolor. Una aflicción más que añadir a mi colección. En la cabeza de mi padre se ha celebrado un juicio en el que he salido declarada culpable. Culpable e incapaz. La mía aún no funciona lo suficientemente rápido como para enfrentarme a él. No. No quiero hablar con mi padre. Ni escuchar a mi madre hablar de él. Me centro en la caja. Voy colocando en montones los álbumes y las fotos sueltas que van saliendo. Intento ordenarlas por épocas. Encuentro una de cuando tenía unos seis o siete años. Estoy junto al lago del parque del Retiro, cogida de la mano de mi padre. Mi madre, mirada levemente extraviada, como tantas veces la he visto cuando se pasa con la medicación, entonces y ahora, posa a nuestro lado, a cierta distancia, como desvinculándose de la escena que representamos su entonces marido y su hija. La única que sonríe en la fotografía soy yo. Ellos están serios. Nada queda en sus rostros de la felicidad que ambos proyectaban el día de su boda.

—¿Quieres saber por qué nos separamos? —Mi madre también observa la fotografía, por encima de mi hombro.

—No —le contesto, y coloco la foto en su montón correspondiente.

—Poco después de esa fotografía me quedé embarazada —me espeta—. Tú eso no lo sabías, claro. Lo supo muy poca gente.

—¿Perdiste un niño?

Hasta donde yo tengo conocimiento, su último embarazo había sido yo. Por un momento mi madre parece arrepentirse de habérmelo contado. Permanece en silencio unos segundos.

—Cuando naciste me prometí no tener más hijos —me contesta, al fin—. Estaba cansada de niños, todo el día pendiente de ti y tus hermanos. Lo siento, pero es así.

—Eso no es ningún secreto, mamá. Hace muchos años nos dijiste que te arrepentías de tener hijos.

—Ya lo sé. A mi vuelta a Madrid, en la Clínica Doctor León. Siempre me lo echas en cara.

—Si quieres te doy las gracias por crearnos un trauma.

—Entonces estaba muy alterada, hija, no debéis tenérmelo en cuenta. Y odiaba a tu padre. Le odiaba con todas mis fuerzas. Seguramente lo diría para hacerle daño.

Al poco, prosigue:

—Tu padre me decía que mi único deber, el único, era ejercer de madre. No le gustaba que saliera de casa si no era con vosotros. Escatimaba con el servicio, despedía a todas las chicas, una detrás de otra, no quería que nadie que no fuera yo se ocupara de vosotros.

—Mamá, perdona, pero tú nunca te ocupaste de nosotros.

—Ah, ¿no? ¿Y qué estoy haciendo ahora contigo? ¿Quién te ha acogido en su casa?

—Me refiero a cuando éramos pequeños.

—¡Con qué facilidad me juzgas, hija! Ya sé que no he sido una madre perfecta, pero por supuesto que me ocupé de vosotros. Lo hice lo mejor que pude. No me puedes echar en cara que quisiera ser algo más que vuestra madre. Necesitaba otras cosas. Necesitaba salir, conocer gente... ¿Sabes que quise montar una galería de arte y tu padre me lo prohibió?

Recuerdo que a él no le gustaba la idea. Y también las peleas, los gritos y los portazos de ella.

—Papá no te veía capaz de llevar un negocio. Al poco te separaste de él, ¿por qué no la montaste entonces?

—No es tan fácil, hija. Todo tiene su momento. Tú tuviste el tuyo, rompiste con todo y te hiciste policía. Yo no pude hacer nada parecido.

—Ahora me vas a decir que tú también querías perseguir delincuentes.

—Yo lo que quería era vivir, no ser la esclava de nadie. Te lo creas o no, fueron años muy duros para mí. Luego fue pasando el tiempo, tus hermanos se hicieron mayores, tú estabas creciendo, no me necesitabas tanto, al fin veía que podía ser algo más que vuestra niñera. Y entonces pasó. Me quedé embarazada. No sabes lo que lloré. Era como volver al infierno. Otra vez atada a una criatura durante años. A una criatura y a tu padre. No podía soportar siquiera la idea. Decidí cortar por lo sano y volverme a Bilbao. Tu padre no quería dejarme marchar, teníamos discusiones todos los días, nos decíamos de todo, nos hacíamos daño, todo el que podíamos. Hasta que tu abuelo me vino a buscar. Tu padre no pudo evitar que me fuera con él. Con tu abuelo no se atrevía, le quedaba grande.

—Y entonces perdiste al niño.

—No, no lo perdí. Aborté.

Me quedo sin palabras. Casi sin respiración. De mi madre siempre me he esperado cualquier cosa, pero jamás habría sospechado nada semejante. En mi juventud oí hablar de los abortos en Londres, en la facultad conocí a alguna chica que pasó por ese trance. La otra opción para las que querían interrumpir su embarazo era acudir a aborteras clandestinas, poco preparadas, sin apenas medios ni medidas de higiene, donde no solo te jugabas la cárcel, también la vida. Pero que una madre de familia burguesa abortara, en plenos años sesenta, escapaba de cualquier previsión. Era ciencia ficción.

Los ojos de mi madre se humedecen, el labio inferior se le tensa en un ligero temblor. La embarga el recuerdo de aquel episodio de su vida. Se sienta en un butacón. Dejo las fotos y me siento a su lado.

—Estaba dispuesta a todo con tal de no tener a ese niño, incluso a quitarme la vida. Tu abuelo me vio tan desesperada que me llevó a un médico francés amigo suyo.

—¿El abuelo te ayudó a abortar? ¿En serio?

—No encontró otra solución. Era eso o dejarme morir. Entonces el aborto en Francia era tan ilegal como aquí, pero si tenías contactos se podía hacer. Y el abuelo tenía muchos contactos.

Mi sorpresa no puede ir a más. El abuelo Telmo era muy creyente, casi de misa diaria. Mi madre toma aire y prosigue su relato:

—No es algo de lo que me sienta orgullosa, hija. Después de abortar tuve muchos remordimientos, sentí que me volvía loca. Tu pobre abuelo sufría mucho al verme así. Al poco le dio el infarto. Y me quedé sola, sin nadie que se ocupara de mí.

Mi madre siempre ha necesitado que alguien se ocupara de ella. Quizá por eso no ha sido capaz de desprenderse de mi padre, por mucho que lleven tantos años separados.

—Pero volvería a hacerlo, hija. Una y mil veces.

Mi madre me mira, por primera vez en nuestras vidas, en busca de mi aprobación, de un gesto de apoyo, de una mirada que le confirme que no la juzgo. Siento la pulsión de darle un abrazo, pero me contengo.

—Esa es la razón por la que tu padre quiso meterme en la cárcel. Cuando se enteró, amenazó con denunciarnos, a los dos. Al final se lo pensó mejor. Tal vez habría sido demasiado, incluso para él.

Tengo por costumbre dudar de las historias de mi madre. Toda la vida la he escuchado retorcer a su antojo hechos del pasado, incluso de los que yo misma he sido testigo. Y, en algunas ocasiones, inventárselos de principio a fin. Pero el relato sobre su aborto clandestino, tan repleto de detalles, me parece demasiado inconcebible para no ser cierto. Su inventiva no da para tanto. ¿De verdad mi padre se planteó meterla entre rejas? Me gustaría escuchar su versión. Si no estuviera tan dolida con él, le preguntaría.

La larga conversación nos ha dejado exhaustas a las dos. El cuerpo, sobre todo la cabeza, me pide descanso. Necesito tiempo para asimilarlo todo. Me levanto y llevo los montones de fotos al aparador. Allí, en una de las baldas, veo, estampado en una carpeta blanca, un sello que me resulta familiar. A ambos lados de la oración latina *Nihil prius fide* destacan dos grandes iniciales: una M y una E. Es el emblema de la Notaría Marchesi Escudero.

—¿Qué es esto, mamá?

—Las escrituras del ático.

De todas las notarías de Madrid ha tenido que ir a la de Marchesi.

—¿Pasa algo? —me pregunta

—¿Por qué has ido a este notario?

—Es al que voy siempre, ¿le conoces? Es amigo de tu padre, fueron compañeros en la universidad. ¿Sabes que se le ha muerto un hijo? Se llamaba Nicolás. Tres o cuatro años más que tú debía tener, pobrecito. Le conocía desde que nació.

31

El tráfico es denso. Tenía que haber seguido corriendo. Meto prisa al taxista. La plaza de Olavide está cerca de mi destino. Poco más de un kilómetro. Pero, al cruzar a la carrera la calle Trafalgar, un taxi casi me lleva por delante y, después del susto y de los gritos del taxista, he decidido montarme en él.

—A la Audiencia Nacional, por favor.

Todos los reparos que tenía para hablar con mi padre se han convertido en urgencias. Tengo muchas preguntas que hacerle y una sospecha que me ahoga.

Le he telefoneado al trabajo. Como era de esperar, su secretaria me ha dicho que estaba ocupado. Me he lanzado a la calle, escaleras abajo, mientras mi madre se quedaba en el descansillo haciéndome preguntas que no he tenido tiempo de contestar. No sabe qué está pasando. Ni se imagina la idea que me ronda la cabeza. Mi padre sabe de Marchesi mucho más de lo que me reconoció el día del entierro de Nicolás. De ahí sus pegas a que le siguiera investigando. ¿Por qué no me reconoció su amistad con Marchesi? ¿Qué me está ocultando?

El taxi se detiene, al fin, ante el edificio gris de grandes ventanales alineados en forma de celdas donde mi padre imparte justicia a diario.

—Son ciento veinte pesetas.

Con la prisa, he salido de casa de mi madre sin coger el bolso.

—No llevo dinero. Deme su número de licencia y se lo hago llegar.

—Del taxi no sale sin abonar la carrera.

—Soy policía.

No tengo la placa, es cierto, pero aún pertenezco al cuerpo.

—Y yo Teresa de Calcuta.

El taxista es tozudo, pero no más que yo. Me bajo del coche.

—¡Oiga! —dice mientras sale tras de mí.

Aprieto el paso. Necesito hablar con mi padre; una carrera impagada no va a detenerme. Junto a la puerta de entrada a la Audiencia Nacional diviso una silueta que me resulta conocida. No se sorprende al verme. Diría que me está esperando. Es Blasco, el subinspector del equipo de Puente.

—¿Qué haces aquí? —le pregunto.

El taxista me alcanza.

—O me paga ahora mismo o llamo a la policía.

—La tiene delante. —Blasco le muestra su placa al taxista, él sí puede hacerlo—. ¿Algún problema?

—La señora, que quiere viajar de gratis.

Blasco saca su cartera y le tiende un billete de doscientas pesetas.

—¿Con esto es suficiente?

El taxista agarra el billete y, después de dedicarme una mirada y dos tacos, se vuelve al coche.

Enfilo la puerta de entrada, pero Blasco me detiene.

—No puedo dejarte pasar, Matilde.

—Vengo a ver a mi padre.

—Por eso mismo.

Después de semanas sin oírlo, el zumbido vuelve a mis oídos.

Un coche llega a toda velocidad desde la plaza de Colón. Lo reconozco nada más verlo. Es el Ford Escort de Puente. El que faltaba. Estaciona en doble fila y viene a la carrera.

—¿Qué está pasando? —le inquiero—. ¿Qué hacéis todos aquí?

—Evitarte otro problema, ya tienes demasiados.

—¿Me habéis puesto un seguimiento?

—A ti y a mucha gente. No quiero que te hagas más daño, Liébana. Tienes que venir conmigo. Sube al coche, por favor.

—Ni muerta me subo a ese coche contigo.

—No pasará lo de la última vez, te doy mi palabra.

—Tú no tienes palabra, Puente.

—Estás en la pista buena. Siempre lo estuviste. Sabía que lo descubrirías por ti misma. Eres buena.

—Dime lo que me tengas que decir y déjame en paz.

—Tu padre solo sabe una parte. Antes de hablar con él te conviene hablar con nosotros. Sube al coche.

—¿Quiénes sois vosotros?

—Los buenos.

Me sale una carcajada.

—¿Adónde quieres llevarme? ¿A Canillas?

—Al Ministerio. Les he avisado. Te están esperando.

Puente me abre la puerta del coche, pero paso de largo. Iré andando. El Ministerio está cerca y yo prefiero estar lo más lejos posible de ese hombre.

Los pasillos del Ministerio del Interior, en el antiguo palacio de los condes de Valencia, pierden altura en el techo y lustre en el suelo según te adentras en el edificio. Las mullidas moquetas dan paso a baldosas grisáceas, raídas por las suelas de los zapatos de los funcionarios que, como yo ahora, han deambulado por allí durante décadas. Un ordenanza nos acompaña a Puente y a mí hasta una pequeña sala de la tercera planta. En su interior, una mesa de despacho, una jarra de agua y tres sillas.

—El señor director llegará enseguida. ¿Les puedo ayudar en algo más? ¿Quieren un café?

Puente rehúsa el ofrecimiento con un educado «no, gracias», y yo hago lo mismo con un gesto. Nos quedamos a solas. La cabeza me bulle a preguntas, pero me contengo. No es Puente el que me va a sacar de dudas. A los cinco minutos se abre la puerta y entra el director, cuerpo enjuto, rictus serio y un ataché de piel asido de su mano derecha. Puente se pone en pie. Yo hago lo mismo. Es nuestro jefe, el jefe de todos los agentes del cuerpo. Nunca le había visto en persona, solo en los periódicos y, a decir verdad, no demasiado. Es la mano derecha del ministro, pero le gusta mantenerse en las sombras.

—Mucho gusto en conocerla, inspector Liébana. Puente nos ha hablado mucho de usted. —Me tiende la mano, tiene los dedos finos y largos—. Siéntense, por favor.

El director toma asiento al otro lado de la mesa, enfrente de Puente y de mí.

—¿Sabe por qué está aquí? —me pregunta.

—En realidad, no.

Saca una carpeta de su maletín y me la tiende. Pesa lo suyo. Dentro hay un buen taco de folios, diría que no menos de trescientos. Tengo ante mí el contenido del paquete que Poldo dejó en custodia a su amigo Matos. La piedra angular de mi investigación. No puede ser otra cosa. Levanto la mirada y me dirijo al director:

—Con esto chantajeaba Leopoldo de la Cruz a Nicolás Marchesi. ¿Me equivoco?

—Abra la carpeta —me ordena.

El director no contesta preguntas, solo da órdenes.

Ante mí se despliegan hojas y hojas escritas a máquina, muchas de ellas con el membrete de la notaría Marchesi Escudero. Son órdenes del día, actas de reuniones, nombres propios de intervinientes. Algunos de ellos principales, habituales en las páginas de la prensa.

—Son los planes para un golpe de Estado —me ilustra el director—. Marchesi y su hijo Nicolás levantaban acta de todo. Mire en la página veintidós.

Todo empieza a encajar. Poldo encontró los papeles en uno de sus encuentros con Nicolás y decidió sacar partido. Matos tuvo la mala suerte de que Poldo se los confiara, y Greco, la mala idea de cobijarlo. Ahora los cuatro están muertos. Y el motivo por el que todos murieron, ante mis ojos.

Las páginas están numeradas a mano en la esquina inferior derecha. En la indicada aparece lo que asemeja un organigrama de gobierno. En lo más alto, el nombre de un general del ejército. Como ministro de Justicia consta don Luis Liébana Herguedas. Mi padre. El pitido en mi cabeza se hace insoportable. Me tiemblan las manos.

—Pensaban llevarlo a cabo durante la ceremonia de apertura del año judicial —prosigue el director—. Su padre sería el encargado de retener al rey y al presidente hasta que fueran neutralizados. Neutralizados físicamente, usted ya me entiende.

Cada mes de septiembre el rey acude al Tribunal Supremo para decir unas palabras ante los jueces más distinguidos del país, entre los que, desde hace años, se encuentra mi padre. Al acto acuden las más altas dignidades del Gobierno y del Congreso de los Diputados. Los tres poderes del Estado escuchando al jefe del Estado, todos juntos. Una buena ocasión de descabezarlo. Y mi padre, al frente de todo ello. Un hombre de orden levantándose contra el orden establecido.

—Un golpe quirúrgico y contundente, como el de Pinochet en Chile. No querían repetir lo de Tejero. Con la ayuda de un par de unidades del ejército y una brigada policial, supongo que imagina cuál, el resto de las autoridades caeríamos con facilidad. Utilizo la primera persona del plural porque mi nombre aparece como objetivo a neutralizar.

El director hace una pausa y me mira a los ojos. Soy la hija de uno de sus verdugos en potencia.

—Todo el plan está detallado en las páginas centrales —prosigue—, pero me temo que eso ya no es de su incumbencia.

Cierra la carpeta de golpe y vuelve a meterla en su ataché. Me estallan las sienes. Las piezas encajan en mi cabeza, pero aún quedan varias preguntas por responder. Tengo la boca seca, no acierto a articular palabra. Puente me sirve un vaso de agua. Apenas me mojo los labios. Consigo arrancar.

—¿No van a hacer nada? Mi padre está en la calle y sigue ejerciendo de juez. Y Marchesi lo mismo. ¡Y los de Antigolpe!

—La Brigada Antigolpe tiene los días contados, pero sus integrantes seguirán bajo nuestro paraguas. Cuanto más cerca estén, menos peligro representan. Su padre y Marchesi se jubilan pronto, es parte del trato.

—¿Trato? ¿Han llegado a un trato con unos golpistas?

—El movimiento está abortado, no representan ya ningún peligro. No queremos más Tejeros en la cárcel. España no necesita más sobresaltos ni más mártires ultras, es mejor así. Bien está lo que bien acaba.

Siento ganas de gritar. Me giro a Puente.

—¿Desde cuándo lo sabías?

—Que había un golpe en marcha lo deduje en la reunión del Eurobuilding. Pensé que lo mejor era seguirle el juego a Ballesta, hacerme el tonto y no levantar la liebre. Que tu padre estaba implicado lo supe un poco después.

—Dime una cosa. ¿Quién ordenó la muerte de Poldo? —le pregunto. Necesito saberlo—. ¿Fue él?

El director no le deja contestar. Toma la palabra:

—Por ese asesinato y por los de los señores Diogo Matos y Abel Greco hay tres personas en la cárcel a la espera de juicio. Las detuvo usted misma. No creo que merezca la pena escarbar más profundo. Su investigación ha sido primordial para destaparlo todo, Liébana. Estamos dispuestos a paralizar su expulsión del cuerpo y destinarla a algún sitio donde su buen hacer tenga recorrido. ¿Qué me dice?

Me está proponiendo seguir ejerciendo sobre un montón de basura. Taparme la nariz y, de paso, la boca. ¿Valora mi trabajo o compra mi silencio? El director no tiene tiempo para mis escrúpulos.

—No hace falta que me responda ahora. Tómese el tiempo que necesite. Se lo ha ganado.

Agarra su maletín y se levanta de la silla. Antes de salir se vuelve hacia mí y añade:

—Le ruego que no hable de nada de lo aquí expuesto cuando abandone el edificio. De lo contrario nos veremos obligados a desacreditarla públicamente, aún más de lo que ya está.

Me quedo a solas con Puente y con un horrible dolor de cabeza. Me vendría bien una pastilla.

—Tenía que manejarme con tiento, Liébana, y tú eres demasiado impulsiva. Lo que pasó en el aparcamiento era una prueba de confianza. Si accedías, te tendría bajo control; si te resistías, te sacaría del caso sin que imaginaras por qué.

—O sea, que me intentaste forzar, pero te lo tengo que agradecer. Lo hiciste por mí.

—Forzar es una palabra muy fuerte. Puedo ser mucho más delicado, cuando quieras te lo demuestro.

Puente entorna los ojos, me mira con gravedad. Lo dice en serio. Realmente piensa que, después de todo, tal vez pueda sentirme atraída por él. Tras unos segundos de silencio me tiende la mano.

—Lo pasado, pasado.

—Me das asco.

Fuera de la sala me espera el ordenanza. En la calle el zumbido no remite. Miro a mi alrededor. Todo me parece más sucio que cuando entré.

32

Segundo martes de julio. El sol aprieta. El asfalto de la carrera de San Jerónimo desprende un calor sofocante. Siento las piernas pesadas y un malestar en el estómago que, últimamente, me acompaña a menudo. Tal vez un nuevo efecto de la medicación. Voy camino de Lhardy, he quedado con mi padre. Después de haberle llamado por teléfono decenas de veces, de nuevo, sin obtener respuesta, tuve que recurrir a Ramiro, su escolta. A través de él le pasé el mensaje de que teníamos una conversación pendiente y no tenía sentido que siguiera evitándome.

El lugar de la cita lo he elegido yo. El restaurante Lhardy es uno de los más antiguos de Madrid. Está a pocos metros del Congreso de los Diputados y ha sido lugar de reunión habitual de reyes y políticos desde el siglo XIX. Allí comía Miguel Primo de Rivera con sus ministros, allí se decidió que Niceto Alcalá Zamora fuera presidente de la Segunda República, y allí siguen reuniéndose diputados de todos los partidos para degustar sus exquisitos platos entre sesión y sesión del Congreso. Por suerte para mi padre, no tendrá que cruzar su mirada con ninguno de ellos. El período de sesiones de las Cortes ha terminado hasta la vuelta del verano. Los señores diputados están de vacaciones. Los mismos señores diputados que habrían perdido el trabajo y algunos de ellos, a buen seguro, también la vida si los planes golpistas de los que formaba parte hubieran seguido su curso.

Llego con veinte minutos de antelación. Quiero tenerlo todo bajo control. El frescor de los salones me alivia del sofoco, pero la sensación de malestar en el estómago permanece. A falta de comensales diputados, creo distinguir a un par de policías de incógnito sentados a una mesa cercana a la que me ha asignado el maître, en donde es muy posible que hayan colocado un micrófono. Me doy el gusto de saludarles; me divierte ver sus expresiones cuando se saben descubiertos. En la calle se ha quedado otro agente. Es el mismo que hacía footing cerca de mi casa de la colonia de San Vicente. Ahora se turna con otros dos para merodear a diario por la plaza de Olavide y seguirme a todas partes cada vez que salgo de casa de mi madre, vaya donde vaya. Me pregunto si encontrará una sombra donde esperarme mientras dura la comida con mi padre. No hay muchas en la carrera de San Jerónimo a estas horas. Puente, o el mismo director, no lo sé, han mantenido el seguimiento que me colocaron después de la reunión con los de Antigolpe en el Eurobuilding. La intentona golpista está abortada, pero supongo que aún quedan ciertos flecos que prefieren tener controlados. Digo Puente o el director porque sus acciones son ya del todo indistinguibles. Han hecho equipo. Más aún del que hacían hasta ahora. Hace apenas una semana lo comprobé en el periódico. Una fotografía de Puente, recién nombrado secretario general técnico de la Policía, un puestazo designado a dedo, con un buen pellizco extra en la nómina de cada mes. Un ascenso por los servicios prestados. En el faldón de esa misma página del periódico una mirada penetrante y viril anunciaba una conocida marca de brandy. Era la de Matos, el compañero de piso y albacea involuntario de Poldo, chapero de profesión y pasto de los gusanos. Una penosa coincidencia que redobló la repulsión que me había producido ver la cara de Puente, trajeado, sentado en un sillón, satisfecho de mostrar al mundo su nueva posición.

Mi padre llega acompañado de Ramiro. Viene repeinado y sin una arruga en el traje, como siempre, pero con el porte envejecido, ligeramente encorvado. No han tenido que ser semanas fáciles para él. Ramiro echa un vistazo al interior del salón para comprobar que todo está en orden y sale a la calle. Creo que él también se ha dado cuenta de que nuestros vecinos de mesa son policías. Saludo a mi padre con frialdad. Salvo los policías de la mesa de al lado, nadie diría en todo el restaurante que somos familia. Nos separa una grieta insalvable. El camarero acude presto a tomar la comanda. Me permito pedir por los dos. Una ensalada para compartir y un solomillo Wellington para cada uno, el mío sin patatas. Me he sentido tentada por el cocido, una de las especialidades del Lhardy, pero los calores del verano y la pesadez de mi estómago lo desaconsejan. Para beber pido una botella de un buen Rioja.

—¿Qué tal la vida con tu madre?

Mi padre rompe el hielo. Hablar de la familia ha sido muchas veces un problema para ambos. Ahora tenemos otros peores.

—Mejor de lo que nunca habría imaginado —le contesto—. Estamos recuperando el tiempo perdido.

No le sorprende. Intuyo que mi madre le ha dado un reporte similar. Quién nos lo iba a decir. Después de toda una vida de desencuentros, mi madre y yo estamos en sintonía.

—Te ha contado lo del aborto.

No es una pregunta. Lo sabe.

—¿Por qué no la denunciaste? —le inquiero—. Abortar es delito. Tu deber, tu deber estricto, ese del que tanto hablas siempre, era llevarla ante la justicia.

—Por una vez fui débil, ya ves. Pero no me arrepiento. Nunca le haría algo así a tu madre.

—No te creo. Después de mis últimos descubrimientos, te veo capaz de todo. Si lo dejaste pasar fue porque airear el asunto te habría perjudicado, ¿me equivoco? La esposa de todo un magistrado del Tribunal de Orden Público entre rejas. Habría acabado con tu carrera. Mejor callar y tenerla controlada todos estos años.

A mí me apartó de su vida de la manera más cruel cuando desbaraté su intriga golpista, con ella tal vez habría hecho lo mismo de no temer las consecuencias.

—Le echas mucha imaginación a las cosas, Matilde. Pasas demasiado tiempo con tu madre. Cada vez os parecéis más.

Con ese comentario quiere hacerme daño. Hace unas semanas lo habría conseguido. Ahora al que no quiero parecerme es a él.

Decido no hablar más del aborto. No es la cuestión principal que me ha hecho concertar esta cita. A fin de cuentas, es un asunto que, en lo fundamental, solo concierne a mi madre. Cuando nos sirven el vino entro en materia.

—¿Quién tomó la decisión de matar a Leopoldo de la Cruz y a todos los que tuvieron acceso al dosier de Marchesi? ¿Fuiste tú?

—¿Para eso querías hablar conmigo? ¿Eso es para ti lo más importante de todo lo que ha pasado?

—Que me intentaras quitar la custodia de Lucía no se queda atrás.

—Estabas ingresada en un psiquiátrico. No podías hacerte cargo de ella. Y yo estaba enfadado. Aún lo estoy.

—Participaste en esas muertes, ¿sí o no? —insisto.

Mi padre mantiene en la boca un trago de vino más tiempo del habitual.

—Nadie habló de llegar tan lejos. Los chicos de Marchesi solo tenían que recuperar los papeles, pero se les fue la mano.

El notario encargó al rubio y los otros dos que dieran un escarmiento a Poldo, y estos se pasaron de la raya. Recuperaron el paquete, pero fueron a por Matos. Podría haber leído su contenido o, incluso, haber hecho una copia. Por eso el desorden en la escuela de Greco. No querían dejar pistas ni testigos. Me cuadra. Pero a mi padre no le exime. No del todo. Tal vez no sea inductor de los asesinatos del cine Simancas y de la escuela de teatro de Lavapiés, pero, como poco, es encubridor de varios delitos. En una sala de interrogatorios podría apretarle más y empapelarlo. Pero estoy en un restaurante de lujo y, además, tengo las manos atadas. Ni aunque consiguiera de él una declaración firmada de su participación en los hechos podría llevarlo ante un juez. En este caso las cartas están marcadas. Tengo que seguir adelante, hay más preguntas.

—Y la muerte de la mitad de las personas que iban a concurrir a la apertura del año judicial. ¿Esa sí la queríais?

—No te creas todo lo que te cuentan.

—He visto las actas de Marchesi con mis propios ojos.

Mi padre suspira profundo.

—Salvar España es un objetivo más importante que la vida de unas cuantas personas.

—Eres juez, papá. Tu deber es hacer justicia según lo que dictan las leyes, no decidir por la vida de nadie.

—La nación está enferma, Matilde. Eres policía, lo sabes mejor que nadie. En las calles hay más desorden que nunca. Los terroristas nos matan. Metemos a delincuentes en la cárcel y el Gobierno los saca a la calle. España es un sindiós. Y mi deber es corregirlo.

—Nadie está por encima de la ley, ni siquiera tú.

—El deber está a veces por encima de las normas. No me digas que no, Matilde, tú piensas lo mismo.

—En absoluto.

—¿Por qué investigaste entonces a Marchesi si tus superiores te ordenaron que no lo hicieras? —me pregunta, sin esperar respuesta. Él las tiene todas—. ¿Por qué organizaste un seguimiento clandestino saltándote las normas? ¿Por qué vaciaste el cargador de tu arma en el cuerpo de ese drogadicto? Porque entendiste que era tu deber.

—No fue el deber el que me hizo disparar, fue la rabia.

—Acababa de matar a tu compañero. Fue el deber y lo sabes. Somos iguales, Matilde. Tú y yo somos iguales.

Me lo dice buscando mi mirada, con aplomo, sin dejar espacio a la duda, como quien exonera o condena a un reo.

—¿No decías que cada vez me parezco más a mamá?

—Estás equivocada en muchas cosas, igual que ella, pero en esencia eres como yo, te guste o no. Y te digo una cosa, hija, escúchame bien. —Mi padre no ha terminado aún, está a punto de dictar su sentencia—. Somos muchos los que pensamos que este régimen corrupto y criminal tiene que caer.

Muchos. Tal vez no sea mañana, pero algún día caerá. Dentro de un año, de cinco, de diez o de cuarenta. Esto que llaman democracia caerá, y ni tú ni nadie podrá hacer nada por evitarlo.

Llegan los Wellington a la mesa. No tengo apetito. El malestar de mi estómago se ha extendido a la garganta. Pese a todo, uso los cubiertos en mi solomillo, con delicadeza. Lo degusto despacio. Está perfecto. Crujiente por fuera y jugoso por dentro. No quiero dejar nada. Tal vez sea la última vez que lo tome. No acostumbro a ir a restaurantes caros, salvo con mi padre, y esta es la última vez que pienso verme con él. No quedan más que algunas migas de hojaldre en el plato cuando me levanto. No espero al postre ni a la cuenta. Se la dejo a él. Por algo, al menos por esta comida, tendrá que pagar.

—Tú y yo no somos iguales ni lo seremos nunca —le digo—. De hecho, eres exactamente lo contrario a todo lo que me has enseñado. Invocas el deber, pero solo miras por tu interés. Impartes justicia, pero eres arbitrario. Hace años que te decepcioné como hija, ya ni te esfuerzas en disimularlo. Quiero que sepas que te repudio como padre.

Al salir del restaurante, al contrario que cuando llegué, me reconforta sentir el calor de la calle. Me siento liberada. Pero en lo más profundo de mí siento que la ligazón que me une a mi padre no va a ser fácil de romper. Quien crece buscando aprobación nunca deja de hacerlo.

EL REINICIO

33

—Disculpa por no haber traído flores.

Junto al nicho hay un ramo de claveles y crisantemos, aún lustrosos. No me ha parecido conveniente dejar otro a su lado. Suscitaría algunas preguntas en la viuda cuando lo viera en su próxima visita. Y ya le he provocado suficiente dolor; mejor no hacerme notar. Sobre los pétalos caen gruesas gotas que también empapan mi ropa. Llevo un buen rato de pie, con la única compañía de mis pensamientos. La lluvia de mediados de septiembre no invita a visitar el cementerio. Por primera vez en mucho tiempo estoy sola. Me siento sola. Sin nadie que me acompañe o me vigile. Mi madre y mi hija se han quedado en el coche, a resguardo. Y la policía hace semanas que dejó de seguirme. Tal vez ya no quedan flecos sueltos.

—El rubio y los otros dos se fugaron en un traslado de la cárcel. *Los fugaron*, más bien, ya sabes cómo funciona esto. Seguramente ya estarán en Brasil o en Argentina, con una nueva identidad. Todo apesta en este caso, Romo.

Las gotas caen sobre mi piel, al tiempo que un rayo de sol incide en mi cara. Levanto la vista. Lluvia y sol a la vez.

A veces pasa. El sol de finales de verano se esfuerza por abrirse camino entre las nubes. Aún no es mediodía.

—Ahora mismo el Tribunal Supremo estará de bote en bote. Me pregunto cuántos de los que ahora están allí atentos al discurso del rey sabrán lo que podría estar pasando justo en este momento. Es la apertura del año judicial. Mi padre ha preferido ausentarse. A finales de año cuelga la toga. Me temo que, en ambos casos, la decisión la han tomado por él.

Todo esto lo sé por mi madre. Yo no he vuelto a hablar con él. La última vez que lo hice, el día del Lhardy, sentía un dolor en el estómago que ha seguido en aumento. Pocos días después descubrí que no se debía a las pastillas.

—He venido porque quería hablar contigo, Romo. Estoy embarazada.

Lo imagino ante mí, con esos ojos sorprendidos, desbordados, con los que me miró tantas veces, con afán de descifrarme. Sé que, si de verdad estuviera presente, me haría *la* pregunta. Él era así, lo que pasaba por su cabeza salía por sus labios.

—El niño es tuyo. Sabes tan bien como yo que desde que me separé de mi ex no he estado con otro. Y no por fidelidad ni nada de eso, tú y yo no teníamos una relación seria.

Siempre he sido sincera con él, no voy a dejar de serlo ahora. Por muy muerto que esté no pienso regalarle los oídos. De estar aquí conmigo, frunciría el ceño después de lo que acabo de decirle. Y luego sonreiría.

—Mi madre me ha dado unos papeles de una clínica de París. Es la misma en la que abortó ella. Ahora lo hacen de forma legal. Aquí también van a legalizarlo. El Gobierno está trabajando en ello, lo dicen todos los periódicos. Calculan que en un par de años puede estar aprobada la ley. Pero nosotros no tenemos tanto tiempo. Mi madre piensa que ese niño que llevo dentro no me va a traer nada bueno. Y no porque sea tuyo. Le caíste bien el día que fuiste a mi casa, a veces me pregunta por ti. Cree que sería mucha carga para una mujer sola. «Si no podías con una hija, imagínate con dos», me dice. No tengo ningún hombre cerca, ni ganas, la verdad. Pero, por mucho que diga mi madre, no estoy sola. Tengo a Lucía. Y la tengo a ella. ¿Me has oído? Jamás pensé que pudiera decir algo así. Tengo a mi madre. Me está ayudando mucho, ¿sabes? Y Lucía también la tiene a ella. Es verdad que se atiborra de pastillas, como siempre, y que sigue bebiendo, pero al menos se modera. En todo este tiempo que llevamos juntas no la he visto perder el control. Yo sí lo he perdido, muchas veces. Alguna porque me acuerdo de ti. Me gustaría borrar la imagen de tu cuerpo tendido en el suelo de comisaría, pero me viene a la cabeza sin que yo pueda evitarlo y se me queda ahí, clavada, tu cara inexpresiva, tus ojos sin vida. Otras veces lo que me hace perder el control es pensar en el caso, nuestro caso, en todas las zancadillas que nos han puesto, en la gente que sigue en la calle y en los que han decidido que así sea. Y otras veces lo pierdo porque sí. Sin venir a cuento. Simplemente me pongo a gritar. O a llorar.

A lo lejos suena un trueno.

—También quiere que deje de ser policía. Mi madre, digo. Dice que tengo que cambiar de vida. Que vuelva a ejercer la abogacía. U otra cosa. Lo que yo quiera. Pero lo que yo quiero es conservar la placa. Sí, lo he decido. Voy a tener al niño y voy a seguir siendo policía. He pedido el reingreso. El director me llamó personalmente a casa de mi madre para ofrecerme un destino en Canillas. ¿Te imaginas? Inspectora jefa en Servicios Centrales, con un despacho como el que tenía Puente, encargándome de casos gordos, sin rendir cuentas al orangután de Morate. Pero le he dicho que no. Le he pedido volver a San Blas. Pero, por lo visto, es imposible. No puedo cargarme a un vecino del barrio y volver a ejercer en la misma comisaría así como así. Eso me han dicho. A Chino lo enterraron con su madre, por cierto. En su pueblo. También pienso en él, no te creas. También lo veo tendido en el suelo de la comisaría. Pero su cuerpo no está junto al tuyo. Os veo por separado. Moristeis casi a la vez, en el mismo sitio, pero no estáis juntos nunca. No en mi cabeza. Total, que me están buscando destino. Te preguntarás cómo es posible que quiera volver al cuerpo después de todo lo que ha pasado. Yo también me lo pregunto. Me lo pregunto cada día. Y mi respuesta es la misma que me diste tú al principio de todo esto. Me hice policía para detener a los malos. Igual que tú. Eso es lo que me gusta, no me veo en otra cosa. Y al final, los hemos detenido. Encontramos a los asesinos de Poldo, de Matos y de Greco. Y, de camino, paramos un golpe de Estado. Piensa en ello, Romo. Vale que lo han tapado, vale que nunca nos lo reconocerán, vale que han dejado escapar a tres asesinos, y los cerebros de todo, empezando por mi padre, se han ido de rositas. Pero si tú y yo no hubiésemos sido policías, ahora mismo, en este mismo momento, habría tanques por la calle.

La lluvia arrecia. Los nubarrones han ganado terreno al sol. Aún tiene mucho que llover. Hoy, mañana, el año que viene y quién sabe cuántos más. En España tiene que llover a cántaros.

—Queda mucha mierda por limpiar, Romo. Pero los malos no han ganado. No, al menos, de momento. Y eso, por ahora, me vale.

Nota del autor

La inspectora Matilde Liébana no existe, al menos con ese nombre, pero sí algunas de sus experiencias.

Ciertos hechos narrados en esta novela ocurrieron de verdad, otros de forma aproximada, los más son pura invención y todos son retales de un constructo llamado ficción con el que, a veces, viajamos al pasado movidos por los enigmas del presente.

Para la escritura de este libro he contado con la ayuda de varias personas. Muchas gracias a Laura León, Jota Moruno, Gonzalo Albert, Alberto Marcos, María Antonia Mantecón, Juan Arias, Yolanda García Serrano e Ignacio del Moral.

«Para viajar lejos no hay mejor nave que un libro».

EMILY DICKINSON

Gracias por tu lectura de este libro.

En **penguinlibros.club** encontrarás las mejores recomendaciones de lectura.

Únete a nuestra comunidad y viaja con nosotros.

penguinlibros.club